PAULISTANA

CRÔNICAS DE UM MINUTO

REGINA DIAS

R. Doutor Goulin, 1523 Alto da Glória
CEP 80040-280 Curitiba-PR
(41) 3254-1616 e (41) 3558-8001
editorainverso@editorainverso.com.br
www.editorainverso.com.br
Facebook.com/editorainverso
Instagram @editorainverso

COORDENAÇÃO EDITORIAL / EDITORA
Cristina Jones

REVISÃO
Carlos W. Jorge

ILUSTRAÇÕES E FOTOS
Regina Dias

IMAGEM DE CAPA
Ronaldo Santos/Unsplash

CAPA, PROJETO GRÁFICO E DIREÇÃO DE ARTE
Adriane Baldini

DADOS INTERNACIONAIS DE CATALOGAÇÃO NA PUBLICAÇÃO (CIP)
MONA YOUSSEF HAMMOUD – CRB/9ª. 1393

D541p
DIAS, Regina. **Paulistana: crônicas de um minuto.**
Curitiba: InVerso, 2022
182 p. 15 x 18 cm PTBR
ISBN: 978-85-5540-310-1

1. Contos e crônicas. 2. São Paulo. 3. Cotidiano. 4. Pensamento crítico.
I. Título

CDD 869.5

Contos e Crônicas: 869.5
Pensamento Crítico:152.2

Aos meus pais.

Aos meus netos Bernardo, Léo, João Francisco, Gabriel e quem mais vier.

Agradecimentos

Nora Aidar, minha irmã escolhida.
Adolfo, irmão querido.
Eliane Gil, sempre, em tudo.
Eduardo Affonso, meu professor.
Marilia e Zé Eduardo, amores sem fim.

Aos meus filhos, noras e netos.

BREVEMENTE

A porta do Batistério de Pisa, passei. Deixei a pele na sala, escamas de luz e suor. Passou o amor, vieram anos. A grande janela de vidro em Boa Viagem onde sentei alto, mar imenso de Recife. Última vez passei a porteira, perdi meus cães, deixei a infância nalguma tarde longe. Andei até o precipício da Cachoeira do Lobo, e de lá não se passa. Voa! Fechei seus olhos, rocei a barba que não vivia mais. Deixei lençóis, copos, bares, deixei lábios, pés frios. Percorri estradas que não vivem mais, desabaram barreiras, revolvi terra, derrubei guapuruvu roçando telhado, enterrei bezerros. Foram-se as cores do quarto. Ondas não voltam. Ralei joelho, cortei todo o cabelo, sobrou nada. É por aqui, vou ali e normalmente abandono. Hoje o fiz. Deixei você.

1870

Acordo com dores por todo o corpo. Tento me massagear apertando a realidade. Não sou eu quem sai da casa. É a casa saindo de mim. Como se minha pele e meus músculos fossem um rio caudaloso, pororoquento e denso, e nele flutuassem cacos de telhas, caibros chanfrados, memórias, cães, projetos, panelas. Dói o parto da casa. Ela esgota em vórtice cada pedaço de minha musculatura flácida. Carrego-a nas espáduas — uma tesoura de encaixes de 1870. Não consigo dormir como mereço. Até que nasça daqui a totalidade de minha história. Eu e a casa somos um corpo velho parindo, por fim, sua imagem. A casa neste corpo velho é a velha casa voltando para a terra, encaixando seus pés fincados depois de um terremoto. Vou deixá-la com as parteiras quando o sol fininho apontar ali, a leste. O sonho tem sol a leste, tem buracos e escorregadores, tem uma retidão em marcha assombrando cada articulação. São dobradiças. Artroses com pequenas faquinhas que fatiam memórias. É a casa. Parte integrante do corpo das mulheres.

Mantiqueira

Depois a caminhonete zarpou dali. Estava eu e meus restos de Goiás dentro da casa pequena. Como Bishop, deixei meus rios, os continentes, perdi quase tudo. Estou aqui enredada de silêncio. Caixotes me espiam. Temo os ratos. Só preciso molhar o rosto no chuveiro para me mover na casinha que cheira tinta nova. Abandono toda a mudança pela sala. Estendo lençóis e abro meu cobertor. Esse que me cabe. Amanhã será outra a casa. Colocarei em cada canto um recomeço com os mesmos objetos que me foram caros. Os que não perdi. Na varanda há de haver qualquer brilho do mato, do céu, do chão. Um fogo fátuo para consagrar meu telhado simples, meu cão Mascote, pés de abacate. Na mão irei carregando um só copo de água com que abençoarei esse meu amor, meu lugar.

Passa anel

Valendo cada caco cada tupi do meu papo reto daquilo que venço quando sento e passo a noite escrevendo. Escoro a testa na ponta das letras que me envolvem e vou virando vento sem sair daqui. Esperando curar como concreto este corpúsculo de átomo e pulo n'água. O copo de cólera chanfrou como um dardo lançado a cavalo. Copa da árvore que logo será porta veio caibro. Encaixes das Casas Móveis de Maurício dobrados na folha de antúrio que lembram outro copo novo traço. Me escoro e em água-branca-cambaio. Me enrolo em manta de baia como se fosse verve de rego nos campos de um areal. Essa tenda essa pia de batismo esse Graal. Vai vendo! o leminskar de meus dedos fortes dedilhando esse sono a vagar cavado. Como seria se eu não ouvisse os livros empilhados amarelos de dedilhar? Vai vendo como num copo d'água remanso copulo embora ouça apenas versos que borbulham. Casulo de fendas que esboça a loucura o tropeço de Lorca no paredão de fogo. Dedicar esse enorme espocar de sílabas aos sabinos. Mordiscar de cada qual talento fragoso ousadia frugal. Clarices e Eschers amenos e brandos gênesis de conforto e de tormento. Ângulos agudos de ternura louca pouca e visceral. Vou levando velando os constelados — sim, eles! num frasco arroxeado de jabuticabas maduras.

Vi a uva na videira de um hospício. Vi muita briga. Ousei entrar nos subterrâneos do caos. Tentei tocar as flores plásticas, Tropicália inexata de minha geração contida. Tentei armar tendas para contornar. Os raios de sol causticantes. Que causaram em mim câncer de pele. Que causaram para outros, a seca e o fim. Eu vi a vida virar numa ampulheta gigante. Vi amigos tornarem-se ferrenhos inimigos. Mortais. Vi prostituição dentro dos assentos sociais. Vi mulheres-capachos, rendendo-se a confortos. Vi homens orgulhosos de seus brilhos. Dentro de um arco forjado em anos, vou para minha caixa de jardim e trato as poucas flores com carinho. Dou água, tiro o que já morreu. Aparo-as para tornarem-se orgulhosas. Olhar domingueiro, o primeiro do outono chuvoso dá a dimensão do mundo apequenando. Do jornal sobre a cama e restos na pia. Portanto, cresça meu amor ao meu lado, porque só serão as cantigas que eu poderei lembrar.

CÃO ESFOMEADO

Rabiscos

Vai-se até lá fora, respira-se e está ali aquela canção de um amor. Levou um minuto. Volto a fechar a porta de vidro que corre e isento as gravuras da sala de me darem a atenção devida. Vou aos pincéis que me tiram o amargo do céu da boca. Se recusam a sair do pote, revoltados com a escolha da paleta. Agarro o livro que escrevo com tortura e prazer todos os dias, folhas lotadas de rabiscos sem ordem. É tudo como se uma cachoeira estivesse represada na boca pequenina de um peixe.

Sorvia o café com Pessoa imóvel e frio, a estátua mais densa desse Portugal à míngua. Era por vê-la que eu respirava. Sobretudo quando flanava como dente-de-leão entre areias. E nenhum engano sobre a sua paixão pelos livros, com aqueles seus pés de borracha quando atracava — barco imenso — numa livraria do Porto. Ela era Lídia quando Ricardo Reis se aproximou. Como numa longa pincelada, Ricardo lhe acariciou de surpresa os ombros, até sua mão. Lídia assustou-se de início, mas tocou-o devagar quando já o via ao seu lado, tão perto. Sentaram-se à beira-rio como se o rio fosse o mesmo, o sempre igual. Tive o resigno dos amantes raivosos, o pulsar da jugular como um torniquete. Lídia nasceu de Ricardo. Passo o verbo para o presente e estou assim, paralisado na porta da tabacaria a alguns metros. Mordo o dorso de minha mão. Estou preso a uma rede de pesca, me debato. A rede de caçador que enlaça e suspende. Continuam ambos à mesa como se houvesse o mesmo segundo a olhar repetidamente.

LÍDIA E

Repetidamente. E eu, suspenso, me vejo abismado, ponta do abismo, hipnose de morte. Não alcanço, não perturbo, não ingresso. Em Lídia. Aguardo — colado à parede — que páginas saramaguianas deem a morte a Ricardo. Desejo que seja extirpado para que minha conquista se vista de um longo amor nos braços dela. Meu gesto é aniquilamento. Hora dos cansaços e dos segredos. Somos três. Amo Ricardo com o futuro. Como rival, nele me espelho. Sou paradoxo sem a lira, sem as cordas de um cello, sem a vergonha. Esse mirante brumado de um casal de amantes me tinge e demoro a dar um primeiro passo a subir da baixa, vendo os bondes desertos. Indiferentes a mim e eu a ela, afinal. Reis terá em si tantos poemas para deixar impressos, sonhos e gozos e artelhos, pedras de lembrança, e a lufada de ar ao abrir o quarto onde com Lídia se deitou. Eu terei o abandono dos barcos. Velas tombadas a ir e vir em tormenta. Um cais jamais será o mesmo. Sequer eu. Eu — sem nunca ter tido Lídia.

RICARDO

Inesquecível

Rachamos raízes grossas da mangueira generosa do jardim. O cano principal d'água que alimenta a casa fora estrangulado com a força delas por bons trinta anos. Por isso, nessa seca, a mangueira havia carregado de forma inusual, frutos cheios de beleza atraente. Mangas portentosas, como cavalos árabes soltos, se exibindo. Aquelas mangas estavam sendo regadas dia e noite pela veia fina de água de mina interrompida para banhá-las de doce e cor. O machado descia violento e espirravam nacos de raiz fresca. Dava para chorar. Mas não havia saída: havia uma casa sem água. Ajeitado, colado, remendado, socorrido, sentamos para o café fresco observando aquele mundo de terra virada e o cano que sumiu debaixo de tudo rebuçado. Quietos, ouvíamos a caixa da casa encher. E nossos olhos maldosos começavam a cobiçar as mais lindas mangas da estação. A grande senhora carregada de crias sangrou nos pés mas nos deu quilos de alegria, quilos de salivação, quilos de sucos futuros, mãos manchadas, fios pelos dentes, doce de verão. Mangueira querida, desculpe esse jeito humano de ser tão burramente pragmático. Debaixo ainda da tua sombra vamos fechar os olhos e pedir: Fala, Mangueira!

AMARRA

Inauguramos alguns dias em paz. Outros em tormenta. Acorda amarga, boca de viés. Tem um nó dentro feito de ráfia, duro como amarra de barco. A palavra do outro te paralisa. E mesmo todos rezando à sua volta, novena alguma faz retroceder o movimento da bile. Ondas de barco a virar pra dentro do seu coração mole. É o jeito de viver de pé, durando na crosta da Terra mais tempo do que suporta sua tez de ferro. Cara dura, peito forçado, jeito de cowboy. Só assim. Um pão salgado, um leite grosso, esse café bem forte. Gole de onça. Faca na cintura. Chapéu fazendo sombra na luz da lua. Pé na estrada.

Grande amor

Grande Amor é assim. Enche a boca de chocolates, traz um sono pesado, dorme nos braços, roça-se todo. Empertiga. Grande amor parte de todas as plataformas de trem, vira-se de casaco longo deixando o rastro de botas numa lufada de fotografia. Tem os pés em desalinho, abrindo lentamente cada vão dos dedos, arrastando a lama vermelha de uma tarde de chuva. O grande amor desacorda, frita dois ovos na madrugada, despenca na rede, bebe do gargalo. Meu grande amor mora em mim em eterna companhia. Vamos nos embalar para nunca amanhecermos.

E numa eterna noite quente de lua, findaremos.

FACA E CODA

Abriria a holotúria com a faca dilacerando-a depois de fervê-la. Só mesmo eu abaixo do sol noturno, essa lua riscando a luz do fio da faca como no Un Chien Andalou. Esgoto o miolo dela (holotúria), desprezo, e a fervura sobe quando jogo dentro. Morrerei como náufrago que sou. Encontrado morto, só ossos e as tralhas que levei tempo para criar — essa cuia de barro aquecida, esse espeto de mato. Minhas folhas secas de teto que abrigam minhas memórias. Só elas ficarão. E a faca. Também a nota da última sonata, em coda, escrevi mesmo na areia, mas todos os ventos de leste-sul já levaram. Escrevo-a todos os dias

— por que será? Não vou morrer de graça, repentinamente, vendo os barcos ao largo da órbita incendiada de meus olhos. Acho que me miram ou são eles miragens? Não pode haver essa ilha desabotoada de todo o mar que a circunda. É delírio desse sol leopardo — que um dia li num poema virtual, com pessoas virtuais e de autoria desconhecida. Gostei de ter abrasado meus miolos toscos nesse Pacífico. Melhorei como Homem, mas me inutilizei pela fome. Vim de um tempo obscuro, sobrevivente de tudo. Sobrevivente escolhido por Zeus para secar aqui, enjoado e derreter fazendo um pouco mais do que um poeminha brando, para descompor a violência da vida. Não vou morrer demais.

teria amado

tanto! se houvesse tempo
se não houvesse vírgula
chamadas não atendidas
vias de mãos duplas
vontades descobertas tarde
mãos sem quentura
teria amado tanto
se viesse na estação
vão da escada curta
portas que batem indiferentes
em quartos contíguos
silêncios tão reticentes
medos infantis
teria amado se amor fosse

Em chamas

O fogo desceu a serra e lambeu tudo. Lambeu a mata preservada com carinho por tantos anos e que cercava a nascente de água límpida. Ela vai continuar brotando mas por um bom tempo não terá a cobertura generosa das árvores e cipós que surgiram quando deixamos sem a lida humana. Deixamos que voltasse ao que sempre foi — nascente. Água de cerrado que melhor não tem. Quem conhece o morro dos Pireneus sabe que ele é divisor de águas. Água que faz o caminho à esquerda para o Amazonas e à direita para o Paraná, desaguando no Prata. Há muito subi na nascente ainda nua, sem verde à volta. Olho d'água é inesquecível. É um princípio, despretensioso, generoso, dádiva. Fogo renova, dizem. Vou rezar.

Cinco horas

Cinco da manhã, me embrenhei no chuveiro. Mal me via na penumbra com aquela lâmpada fraca, fraquinha. Corri para a mesa do café camarada, pousada mineira, pão de queijo, leite quente. Passei na Aline e subimos ladeiras lindas e claras, molhadas e cheias de nuvens flutuantes a caminho de Monteiro Lobato. Chegamos no Gonçalo. A fazendinha tem de tudo um pouco e sua clínica veterinária fica na mesma linha da casa, pendurada na montanha. Logo começou a me explicar o funcionamento de tudo. Subimos no velho Bandeirante e, aos solavancos, chegamos no mais alto do mais alto do possível. Entre as cabritas e seus filhotes gordos, entre a mata preservada e suas histórias de onça, entre o eucaliptal serrado e empilhado para o embarque, aprendi então como se planta abacate. Aula que depreendi pouco. Meus olhos atravessaram milhares de quilômetros, milhares de nuvens, milhares de pedras, milhares de orvalhos. Onde irão dar?

Pulso

Desmaiei, voltei sem me conformar.

Foi um apagar sem dor, que teve seu estopim na maior delas

a dor de ver o insubstituível perder a cor rósea.

Embranquecer, pálido.

Boca a boca.

Pulso 3, 2, Zero. Nada mais.

Tudo desapareceu num átimo.

Sem se refazer, sem responder, respirar.

Quem morreu? Qual de nós?

Voragem

Peras geladas cortadas, pedaços generosos pela cama, mastigadas as frutas entre beijos, entre pernas. Passo a mão na sua bunda, a concha do feijão verga derramando caldo da feijoada. Rimos. Casa cheia. Ligo o aquecedor no banheiro antes da sua chegada. Inverno. Aproveitamos para conversar na água quente, lavando as costas um do outro, esfregando — como apagando tragédias.

E... Esse lugar do meu corpo que não sabe sua exata dimensão, sempre maior que seu real espaço, vive regrando meus pensamentos, abre minhas escolhas, perfuma a roupa. E entumece. Finalmente me chega o copo certo de gim naquele restaurante beira-mar. Estamos com a pele cor de sol. Calafrios se acalmam com meus goles generosos — olho você em contraluz. Buñuel dizia que o dry martini se assemelhava à concepção da Virgem Maria. São Tomás de Aquino descreve que o Espírito Santo atravessou o hímen da Virgem como um raio de sol passa através do vidro, sem rompê-lo. O mesmo com o Nolly-Prat no gim — apenas duas gotas.

Ali... Encontro as palmas das mãos para segurar água jorrando da bica. Levo o rosto, trago a água, o excesso escorre pelo meu corpo como num rio e me habita. Arrepio. Sol forte, água tépida. Um beijo assombra, vindo do nada, direto na nuca.

Anos depois... Me sento no mesmo lugar sabendo que logo, logo outros braços, outros beijos virão. E desta vez, toda a pressa se foi.

FORMIGAS

Correição de formigas e a lua enchendo. Faz dó do dó a seca o que faz nesse chão. Chão de dar arroz dar feijão, mandioca, sem nada brotando. A seca traçando sua faca curta e estreita sobre o capim que quer subir. Imagino setembro ainda sem ter caído as chuvas das flores que estão por vir. Se não vierem, aguardo aqui no Sertão que baixe a mina. E os animais? Tanto sol que a pupila roda e gira dá um sono arretado. Moleza, o corpo quer cama ancha, abro os braços e as pernas à cata de vento. Suarento, o corpo prega que só limão no bucho entrega de volta, restaura. Um limão galego pingado n'água da talha fria. Vou te contar como sofre quem capina! Quem deita a semente aguardando o milagre da chuva que vem se quiser, vem se quiser.

Inverno na praia, lua cheia que não cabe na janela. Vou sair novamente a pé porque agora não é o calor do sol, o cair da tarde de lado, na Barra. É a lua grávida que acena. Minha sombra espichada, paralela, de cabeça de extraterrestre. Sei brincar na solidão como quando criança, com sombras na parede. Burro, pato, leão, passarinho. Eu mesma a sombra plena! arfando o peito. Nada me move mais do que o mar e a lua. E no futuro a fotografia terá cheiro. Então, nada de registrar o satélite pleno e iluminado! se ainda não cabe o sal das ondas.

Sombra

Mascote

A casa incompleta, com um telhado de banda só, sem vivalma, fica abrigada por Mascote. Ele guarda a alma da casa que ainda não nasceu, vigas soltas, pregos no chão. Seu nome vingou para os que na casa vêm e vão, deixando que ele observe a construção. Antes, os trabalhadores dividiam um pouquinho da marmita, fazendo com que se ajeitasse ali mesmo. Não fosse para a estrada. Depois virou o rei do lar sem portas. Ganhou vacinas, ração, cuia com água. Cheguei hoje no vazio. Ele apontou no alto da ladeira. Eis Mascote, o espírito da casa, o guardião vagabundo. O cão que guarda as paredes.

TRILHOS

Quando eu puder abrir a porta para o jardim deixando entrar a lufada de ar presa lá fora, quem sabe você também possa vir para este lado do vazio encher de luz meus ouvidos, meu peito de música. Vou aguardar a porta abrir ajudando os trilhos a correr como braços em extensão. E sua mão em mim.

Bailarina

A palmeira me cumprimentou quando cheguei aqui em Goyás. Das quatro imperiais plantadas há trinta e quatro anos, ela era a única raquítica, lenta, menor, a pobrezinha. Uma grande colmeia de abelhas pequeninas estava abraçando seu tronco. O Junior veio à noite com escadas gigantes, três homens, veneno e fogo, livrando-a de uma vez por todas. Ela sorriu. Anda sorrindo. Folhas mais verdes do que tudo, espichadas para o céu tentando recuperar o tempo que andou nessa amarração-de-amor. Divorciou-se de um relacionamento-chupim desses que atrasam a vida. Está livre, bailarina. Balança sossegada quando vê a nuvenzona que vem vindo.

CHAPÉU

Destranco o armário caem chapéus. Aqueles de feltro, aqueles panamá, aqueles de trama. Até couro tem. Preciso de malas para guardá-los, baús para bisnetos tirarem o pó. Olho-os como me olham. Já viram chapéus olharem? É que dentro do vazio deles há feições que os marcaram. Ali, quase respirando meu próprio ar, tem o contorno de um rosto incompleto. A falta do delineado é o que cai do armário, impetuoso. Olá, amigo. Deu as caras na tarde torrencial? Onde olho, gira um chapéu no ar. Bailam zombando da minha incapacidade de flutuar.

ABACATEIROS

Tinha a bicicleta com passo lento e enxada atravessada. Quase não tinha o homem. Tinha a enxada que foi plantar. Verde forte com bezerros aos montes porque chegou a nascença das águas. Capim para a desmama. Tinha neblina, garoa, raio de sol tímido. Abri as janelas do carro e desci a serra apenas com essa música. Poucas vezes fui presenteada na vida com essa epifania. Ando me despedindo, ando trocando pele, ando cavando para parir. Renasço só de andar entre minhas mudas pequeninas de abacate. Queria uma montanha eterna, descê-la sem que a música tivesse fim. Abacateiros darão frutos como nós. Estalarão de brotos, racharão no abrir.

Casinha

Rabisquei uma casa onde só eu caberei. As portas serão do tamanho da metade da pequena parede, generosas, e se abrindo para a montanha. Ando em pensamento nela e ando só. Janela, apenas uma. E do seu único quarto. Por fora uma tranca de ferro batido por causa do medo, compensando a generosidade das portas escancaradas. Na noite e na chuva elas deslizarão mantendo as estrelas e as águas como observadoras de sua insignificância no matagal de abacateiros. Varanda meio texana, curta, fará sombra. Ruídos de mato brasileiro. Recostarei na cadeira dura balançando-a com o salto da bota.

Nhec-tum-nhec-tum-nhec-tum.

MORRENDOSÓ

Me levou pela mão. Sol piratardido, uns goles de cachavana deixavam a brisa friazonal. Uma praia antuérpia, da qual tiraria proveito um horizonte láfrica, pontilhismo longe, milhalém. Ziguizaguamos invertendo o timo, tino.

Pela vegetação rastinga mol'espinhos que ao passo dele, voltavam reichicoteando nimim. Mãos dadas, tornamos um só centráqueo, terraquoso. Tempo ruminante! barulhava.

Zoomaiszoomais, o espetrondo das ondas. Deus! Era mar de ninguém era um sobresi a espalmarar-ar. Dentro amansava o inquieto, encouraçado.

E fundindo em/mi naquilo tudo, estava o Olhononada. Fui inteira líquido, átimo findando. Como queria e quiz. Na despedida da vida, djavaneei. E caetaneando, sumibi.

Ladeira abaixo

Apenas desci a ladeira e constatei certa infelicidade. Íngreme suficiente para me dar visão macroscópica do próximo quarteirão de ipês maltratados pelos malditos fios, vi na mesma calçada o velho de calças finas e curtas. Estava remexendo o lixo. Longe. A mais de cem metros de mim. Cresceu na proporção que eu perdia as copas rosas e roxas. Tive que manter certa atenção para não cair, já que a irregularidade do piso era proporcional ao que me chegava aos olhos e ao que me esperava. Infelicidade. Não estava maltrapilho, não seguia o modelo que o texto faz pensar. Sua calça fina e curta era resto de algum terno de outrem. Sobre ela, uma camiseta clara e um chapéu surrado. Não vi seu rosto. Não quis. Todos aqueles vidros verdes das cervejas quebradas, os vidros verdes das cervejas vazias que soltam pela noite. Malditos porcos. E ele, e ele. Ele remexendo o lixo.

PEIXES ELÉTRICOS OU POR QUE NÃO ESCREVO

estou no banho e me vem o Peixe Elétrico me enxugo faço o de sempre sempre o mesmo distinguindo qual sapato qual sandália iria usar volta ele o peixe tombo assim amealho no ar cada sílaba do e-lé-tri-co desembaraço a porta sim porque não abro nada nesse apartamento apenas me desembaraço da solidão consentida e estou a rua aqui dentro o peixe já fala, mas falta enunciado dele tenho ideia alguma são profícuos os Peixes Elétricos no meu pensamento porém sem traço a descrever não escrevo não consinto não aceito venço os lances das guias mal feitas e ao estacionar no balcão da padaria nada me perguntam o quê vou beber o quê vai expresso um olhar de não se perpetua não obrigada absorta nada a imaginar menos menos menos penso enfim dou meu de acordo ao café eu, Peixe Elétrico e o café temos juntos um caderno de bolso vazio e sonolento que carrego caso resolva (se) revelar, o Peixe tombamos todos ao pé da mesa do boteco uma golfada esfriando o café um vasto vertebrado de nadadeiras e espiração branquial volteia todos os meus sentidos não encontro naturalmente uma caneta rolo meus dedos por quase tudo na mochila pente batom balas de leite receitas médicas moeda de um real o mesmo momento em que resplandece o traço P-e-i-x-e assisto na parede de azulejos vários deles em pretos e brancos o traçar das palavras vazios vazios que tensiono sobre frases inacabadas os rios mortos se encontram em pororoca ganham cais aonde os Peixes Elétricos escafandram folhas pequenas do caderno de bolso vão e vazio se dobram aos excessos garranchões que serão escarafunchados numa tela clara não escrevo não consinto não aceito desembaraço ao contrário a porta principal do apartamento e estando dentro desse cofre frio alcanço o teclado que me enuncia o absurdo que relato frases que tombam e retraem vazam e enxugam ficam e abandonam tornam-se coloridos aqueles Peixes mas se apagam horas depois — que horas aqui não se contam — tenho na minha retira um rastro de palavras emaranhadas quem ousou?

Londres

Lá estava o registro da cabine de fotografia na rua em Londres. Lennon estava vivo, ano de sua definitiva mudança para a Roma moderna, NY. Estavam em Piccadilly Circus os dependentes de droga à espera da dose diária servida pelo Estado. Com meu casaco comprado no brechó de uma libra e meu chapéu de tecido preto que senti ter deixado em alguma mudança das tantas casas em que vivi. Escrevia cartas para meu apaixonado namorado na América Latina. Cartas apaixonadas que embalaram nossas idas ao cinema, assistir Woodstock. A perda de seus iguais é a face mais cruel do envelhecimento.

Moon in June

Americana. Americana era o nome da nossa comunidade nascida na sala de aula. Cinco amigos, homens e mulheres. Pamps, 18. Eu, 17. Você 19. Como pagávamos o aluguel daquela casinha singela na beira da represa ao lado do Paulo Ribeiro, irmão da Nina, ao lado da cocheira que não abrigava mais cavalos, onde vivia e pintava o Martin? Uma enorme bandeira do Brasil dividia a cama das telas, pincéis e prancheta. O cheiro está grudado em mim. A lembrança engraçada é a de como eu e você conseguimos as roupas de cama. Estacionamos o caminhãozinho da madeireira debaixo da janela do quarto da casa de sua mãe, e eu na calçada recolhia os lençóis e cobertores que você jogava, fruto do assalto bem-sucedido que permaneceu segredo até hoje. Vivíamos pra lá e pra cá entre as casas, o mato, o frio das noites, luas cheias, lareiras, marijuana, Jethro Tull, Soft Machine, Janis, Woodstock. Outsiders. Sentíamos uma espécie rara de transbordamento, destemor, enfrentamento, poder, delírio, magia e eternidade. E ríamos. A sala de Americana era de almofadas. Uma luz no centro descia abaixo do teto com um tule cobrindo o abajur. Era o que sonhávamos para todos. Era o instante de futuro. Esta semana fui ver o Pamps tocar. Desde Americana não sabia dele. Quase 40 anos. O show acabou e eu saí andando pela Major Sertório sem conseguir fazer o combinado de encontrá-lo no camarim. Chovia. Voltei. Entrei pelos fundos do palco quando alguém me apontou o Pamps em pé conversando naquele clima de final de show de rock. Não sei o fim dessa história. Sei que ele me apertou muito e eu beijei sua mão, acariciei seu rosto e me emocionei sem dizer qualquer palavra.

Regina Dias

Regina Dias

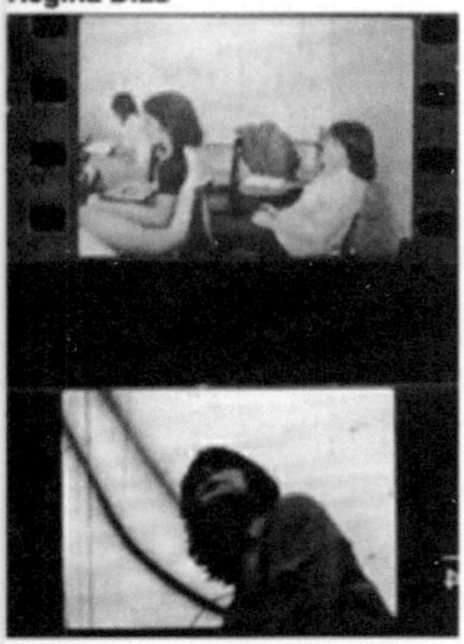

Sergio Pamplona Jr. 24/2/201
Caráia... o Mano se foi?!

Regina Dias 24/2/201
7 anos dia 20 agora

estava com ele pela vida inteira desde 1970

e vc grande musico?

Sergio Pamplona Jr. 24/2/201
Vcs sempre serão um dos casais mais lindos que conheci!

Regina Dias 24/2/201
fomos aos trancos e barrancos e tivemos 4 filhos

Sergio Pamplona Jr. 24/2/201
Blimey!!!! Num acredito. Que lindo!

muitos beijos, minha querida.

stay cool & happy!
😎

Regina Dias 24/2/2
aperto vc forte!um irmão!! stay cool.

Sergio Pamplona Jr. 24/2/2
Só não vou ouvir o moon in june agora, porque sei que vou chorar...

Regina Dias 24/2/2
to aqui lavando o lençol...

Sergio Pamplona Jr. 24/2/2
lovable.
kiss ya good nite.

NOTRE-DAME

Quis voltar à Notre-Dame como há trinta anos, mas vi a fila dos ônibus serpenteando o chão. Achei que só um ticket para 2222, o expresso, me colocaria lá dentro. Fui salva pelos que realmente vieram ouvir a missa. Abri a bolsa para a revista usual com espátulas magnéticas e entrei com eles. Sentei, levantei, ouvi atenta o pequeno sermão do dia e me concentrei sem ser distraída pelo burburinho horroroso dos que apenas desejam uma selfie (duas, quatro, dezesseis, infinitas). Voilà! À esquerda, uma moça rezava fervorosamente e enxugava seus olhos por debaixo dos óculos. Vi uma senhora mais velha se ajoelhar no piso frio, postar as mãos como regia o padre magro e simpaticamente contundente. Sinos repicando já haviam me arrepiado, mas a soma dos sinais só pôde me mover para um transbordamento. Dias inexplicáveis. O Inesquecível.

Vulto

Inventei um amor pelo prazer de viver.

Inventei que dorme por aqui, canta e assobia,

puxa pela mão. Para dançar.

Inventei a teoria da meia-luz,

a passagem desse vulto se espelha no teto.

Persigo esse amigo eterno que me vê através da pele.

Temos a proximidade dos átomos.

Sirvo um café e me chega na boca

um doce para morder. Experimenta.

Nosso silencioso estar junto é laranja outono.

Quanto mais quietos nos movemos pela casa,

mais nos amarramos um ao outro.

Nada dizemos.

Dançamos seriamente alegres.

BON VOYAGE

Vínhamos da Paris efervescente naquele início de 71 onde tínhamos acabado de conhecer refugiados da ditadura, alguns jornalistas, estudiosos do Brasil, e não por nossa idade, mas por sermos as caçulas viajando com a dupla Netão e Wilma, intelectuais respeitados por lá. Nossas noites eram nos restaurantes e cafés durante mais de um mês ouvindo sobre dialética, guerrilha, revolução, generais. Amsterdam vestiu como uma luva em mim. Na praça de Dam muitos como nós, vagando sem destino, numa busca que definiu a minha geração. E a música !e o rock !e a roupa !e o que estava por nascer: um mundo que melhoraria apenas por estarmos ali. Juntos. Tomamos nosso último café da manhã na mesma bakkerij de sempre. Nos despedimos do nosso loiro amigo da mesma idade, que trabalhava nas horas vagas quando não estava no colégio. Pedimos um lanche para viagem. Veio embrulhadinho. Beijamos e abraçamos para nunca mais.

No trem, mais tarde, havia no pacote do lanche um guardanapo, que ainda guardo, escrito delicadamente: “bon voyage”

Bairro

Quatro voltas em vários dos quarteirões.
Há dias, me vi assim, não saía de casa. Pessoas vieram.

Alguns desses blocks fariam parte da memória
entre o colégio e a casa. Oito deles entre o sobrado da
Rua Pinheiros — onde me tornei mais mulher.
Onde ouvi banalmente o disco branco do Caetano
e dos Beatles. Lindonéia desaparecida.

Derepentemente não estavam mais as casinhas de vila.
Não estavam quarteirões inteiros.
Sumiram.

Há andaimes, caminhões de concreto girando. Gritam.
Não encontrei onde parar para um sorvete.
Quero não ser mais menina, ser a garota da rua.
Nunca fui de sacudir o quarteirão.
Tive aquele garoto. Ele sempre.

O ar frio do meu cockpit funcionou como uma nave,
viajante. Voltei dez casas do tabuleiro
sem encontrar ninguém.
Era bom, de longe, ver o velho professor de matemática
atravessando a mesma esquina.
Sumiu como eu.

Terriola

Nossa cidade é feita de letras. E em letras sem fim. Sou palavra e vivo por aí nos pensamentos de outras palavras. E nos bastamos, telítocas que somos. Algumas, andróginas. Em Terriola, não há compromissos gramáticos, nem acento ou interjeição. Expulsamos há muito esses abjetos que impõem rigidez. Tudo aqui se ordena e desordena na ordem expressa de se compor e descompor. Um amor sem marcas. Braços alados de O de I de U. Sílabas jorram em simultâneos tons de lilás através de ravinas, e flutuando em nuvens Tupi, nos juntamos às montanhas de papel. Papéis que dançam solitários surgindo do Céu Navegante. Em verdes Van Gogh. Vermelhos Miró. Subimos ágeis nesse tapete a estruturar novas similaridades. Brincamos, porque não existem relógios ou compromissos. No O, que é um longo túnel escorregador, lançamos impropérios no ar no justo momento em que se transforma em S! Nunca cansamos. Fervemos e nos multiplicamos em duplos éllllêês, duplos êmmmmmeeesss. E assim vai. Um cintilante A é o portão de Terriola. Tês sustentam a passarela de letras das canções. Vêm em bloco, trazem malemolência. Somos gratas às canções. Estas sim, tratadas como iguais. As palavras esquizofrênicas transitam em ruas de papel crepom. Tarde, escorregam em planícies azuis que deságuam em Talassa, gritando WOW! quando imersas. De tempos em tempos aquietamos dentro de um livro. Estacionamos em Cartazes de Rua, deitamos em Receitas Doces, lambendo as bordas do mundo Real. Somos frases em dias Santos. Somos Roseanas, Léxicos Viajantes. Vezes, Terriola estrutura em movimento tectônico, parágrafos com grandes gestos de impaciência. Transgredimos. Gememos durante o amor. Um tal de enlaces de F e G, W e P, R e C. As Magnéticas Magníficas têm mais sorte. Voam por fibras óticas a brincar de esconde-esconde nas Bibliotecas Nacionais. Um sem-fim de vozes a bramir. E os Humanos/sempre eles/a nos perseguir para fazer chorar. Tácitos.

DE TUDO AO MEU AMOR SEREI ATENTO

Daqui aprecio os tomates maduros lavados, amontoados no escorredor de água, talvez felizes, pois logo serão picados em tiras transparentes azeitadas em vinagre e cebola roxa. Morangos cheios de luz por essa calda sensata do chocolate quente. Talvez suco da manga lambuzado pelos braços, para lamber os dedos tentando segurar o que restou dele. Tantas pimentas malaguetas ali, dedos-de-moça na sombra do jirau, água da bica correndo ao lado. Está calor. Vejo-as atentas. Água gelada do mar em praia de tombo, o mergulho entre sais quando abro meus olhos. O cabelo vira uma corda atrás e nado me esforçando para romper a arrebentação. Faço um copo com as palmas da mão para segurar água jorrando da bica. Lavo o rosto, trago a água, escorre pelo meu corpo o excesso, como num rio, e me habita. Arrepio. Sol forte, água tépida.

Logo me chega o copo certo de gim naquele restaurante beira-mar e estou corada de sol. Calafrios se acalmam com meus goles generosos — e olho você. Quem vê pensa que somos talvez irmãos, cunhados, amigos de faculdade. Porque rimos tanto! que não pode ser um casal de há muito. Sim, somos amantes recentes e nossas eternas descobertas do outro ainda nem nasceram. E o melhor de um amor — descobertas. Roço devagar sua barba, volto para girar o copo gelado, volto com a mão fria aos pelos de seu braço. Madrugada adentro de sabores molhados, olfato com cor. Pela noite de mormaço a janela escancarada, vento de trópico, folhas sonoramente trançando lá e cá.

Dia começou na feira da Morato. Vendedor de banana devidamente apelidado de Potássio. Oh, Potássio! Ele descasca algumas para nossa delícia. Sabe qual abrir, exibe e dá. Como três bananas-ouro. No céu da boca, onde vive parte da infância, bananas agitam o córtex. Estou com minha mãe. Hora da xepa. Negocio dois vasos de arruda. Sei lá, andam fantasmas me rondando. Ralo de pia, tampa de tanque, pregador de madeira. Coentro, hortelã. Pastel com caldo de cana e o toque hippie do gengibre. Meio ruim. Sento. Aceno para meu amigo André K. mas a política nos afastou. Olha! como é bom tanta gente junta. Como somos belos, ineficientes. A xepa é do mais preguiçoso, do sem hora, sem grana, sem par. Rodo pelos dedos os sacos coloridos de cebola e ovos amarradinhos com barbante branco. Eh! vida. Essa feira cheirosa que pousa distraída na memória.

A FEIRA DA MORAT

Lenha

Me acomodaram feito eixo traçado para o ar fazer o sopro amarelo do fogo. E por isso, queimo aqui acelerando o vapor. Queimo como a árvore que fui e me dei inteira como sombra que hoje perpassa a treliça. Ardo vermelha depois de ser cepa, depois de ser galho, depois de ser caco. Esse fim de cerrado.

Maria-sem-vergonha

Tenho trocado mudas trabalhosas por marias-sem-vergonha. Exigem menos água, posso esquecê-las, não necessitam das minhas mãos. Nascem com espíritos independentes, se dão bem com as vizinhas pragas — como uma ponta de capim que veio na terra orgânica. As pragas que não deixo que se sobreponham às outras faceizinhas. Corto, espicho meu corpo para detê-las na ânsia de sugarem a água que economizo nesses tempos. As jardineiras ficarão mais despojadas, menos extravagantes, mas compensarão com a abundância que irão me dar. Pensei eu podar radicalmente as roseiras-trepadeiras que inventei de plantar na pandemia. Peno com elas. A janela de primeiro andar convida gatunos de ocasião, já que os roubos se multiplicaram no bairro. Vingam tomateiros aqui e ali. Me diverti muito com Bernardo ainda pequeno, e os pés de tomate por todo lado. Ele colhia feliz mas o gosto sempre foi azedo, sem sal. E nem sal dava jeito. Voltam em lugares inesperados. E eu, com empatia, ajudo-os com barbantes. Volta e meia estão caidinhos de sede. Ninguém na cidade imagina o trabalho que tomateiros dão. Não reclamo nunca de preços de hortaliças, frutas e verduras. Plantem, aconselho. Acabo de regar a nova paisagem do apartamento. Empolgada com as marias-sem-vergonha. Vinguem! para eu me libertar desse jugo verde-perfeição. Manterei com carinho o alecrim, hortelã, cebolinhas e a arruda, para o mau-olhado. As salsas, em potes. Acredito na correlação entre as plantas substituídas e os filhos. Uma hora não são mais aqueles meninos que eu tentava educar. Tornam-se arbustos grandes e não cabem. Vou começar com minhas preteridas flores vulgares e tão disponíveis no entremeio das calçadas.

RUFADOR

Traço com o pincel gordo de óleo amarelo a tela de algodão que suga. Volto para o pote cintilante, escambo que fizemos por um beijo de porão. O primeiro, úmido, me assustei com uma língua bebendo minha língua. Mas aprendi.

O ateliê vibra leve enquanto desenho, enquanto tracejo, enquanto a memória no corpo ergue meus mamilos. Algo mina da mina primordial. Me sento na poltrona esgarçada, panos por cima de panos e outros mais antigos, de quando brincávamos. O braço suporta uma das pernas, afável. Há sístole e diástole, sangue nos átrios. Você ainda é. Semente tatuada.

Lembro, esfregando o pincel, dos filhos que não tive, dos orgasmos. Dourados e múltiplos. (Volte a pintar e exale, dona). Guarde o Sagrado que se embola na mesma raiz d'O Segredo.

Deve-se ser humilde e reverenciar quando a paixão se instala. Desejo exige coragem. Isso Nietzsche ensinou. Entrega descuidada onde a fera de dentro draga a Natureza. Então, nascem quadros, músicas, meninos. Levanto rumo à tela e os pincéis são tantos! Falos erguidos por toda a mesa, expostos, em pé, monolitos. Ainda é o menino, que nu, vive na órbita de meus olhos, teso e ardente. Precisão. Flecha dos desavisados.

Dois toques no teclado e o som repica, sobem tons. As canções são como o ponto de encontro das paralelas, a linha reta dessa flecha — finalizam me abraçando. Rodando em anel pelas paredes como um suor, esborrifando, a letra da música:

Vem, afunda o sulco
A faca na fruta
Com força, fera
É assim o sumo
Se o caldo é quente

Músicas tingem a tela que, sobre o amarelo, jogo *pollockianamente* o jorro de prazer azul. Tinto. Fez-se esse ponto de luz de olfato. Fui capitulada. Eu, depois das muitas folhas de calendários de papel perdidas, sou a poderosa mulher fervendo, fêmea ensandecida, plenipotenciária como noite de verão.

Me envelhece, menino, com sua ternura. Mais, mais, mais.

Batatas

O cinto apertado fazia do corpo dois sacos de batatas médias. A correção da postura apontada de dez em dez minutos dava outra sensação: a do cinto em vertical mantendo músculos retesados. Desde quando não havia memória, o cordão lhe apertou o pescoço ainda boiando em águas de mãe. Mais cordas e fios traziam a postura social retilínea, as medidas do papel A4 margeando a vida escolar, a planta da casa, o ditado, os desenhos de céu e de mar na borda limitante. Mundo retangular. Mundinho encaixado, amarrado, disposto em tiras, guias, rotas, trilhas. Cordas em tudo, fazendo-o girar de um lado ao outro, de outro a um, enquanto se engalfinhavam os cordões de marionetes. Bolos de nós, bolas de meia, o algodão quente esculpido em corda de doce rosa. Só um dia deixou passar a terna sensação de não haver propósito nos barbantes, tiras, fios, cintos, laços, todo o imaginário de seus dias de soldadinho varonil. Nu e debruçado sobre seu amor, notou intranquilo que as amarras ficaram todas num cais. Deixou-se ser leve, tornou-se irregular, massa única, desprovida de contexto. Eram um. E foram gloriosos e perenes para a Terra das Não-Linhas. Espraiados, se desmancharam em espuma, rocha e depois mar.

Temperança

Saio da casa, apago as poucas luzes, foco no céu diretamente acima de mim. Ando mais à direita, mais à esquerda. Preciso de uma referência para que eu mesma entenda que é somente a lua. Somente ela, acima de todos nós, cobrindo tudo, fazendo pensar na Insensatez. Durante a lua cheia há crises de loucura, mais gente em desequilíbrio. Daqui desse sertão somente consigo admirar esse vestido de luz que cobre a Temperança.

OUTRA PRECE

Músicos são essa prece, minha missa breve.

Afinem-se os instrumentos, o cello, a tuba, flautim.

Oboés busquem notas entre si.

Contorçam-se as cordas, ajeitem-se dedos nas cavilhas,

soem os toques iniciais do maestro.

Toc, toc, toc. Faça-se o silêncio.

Minutos apostos, nos encaixemos

no espaldar das cadeiras para

voarmos com o espírito.

Haverá o segundo em que se olham.

Olham então, nos olhos da atriz

Um, dois... são apenas

Um

Pudim era o nome da Romi-Isetta

Zé tocava bossa nova na varanda e meu pai ensinava Orlando Silva. Deu-se a mágica com a música e virei músico. As meninas cantavam em coro, muitas vezes estridente, e ajeitavam as notas no balanço movidas por Nara Leão. Sequência em dó maior. Também cantavam pela tarde, naquelas ruas sem qualquer asfalto. Ruas mergulhadas em barro e pedras quando o dilúvio caía em Ubatuba. Não sei se foi praga de madrinha, mas aprendi a dirigir — longe dos olhos dos velhos, no Pudim. Aprendi a tomar xarope de bronquite no banheiro do bar misturado numa dose de caninha. Quem não tinha LSD nem NY por perto, o xarope me deixava xarope suficiente para começar o violão. Zé foi meu professor. E foi o maior. Os luaus eram a grande oportunidade de tentar correr meus dedos na busca daquelas harmonias. Acompanhar qualquer voz, mesmo as desafinadas e bêbadas, me deu a cancha para tocar com bossa. Venha quem venha, eu corro atrás, dou a direção e vamos ganhar o pão. Sou sujeito trágico, disposto a cantar a dor. Nem adianta pedir... Quem é você/Diga logo/Que eu quero saber... Logo aprendi Dindi, depois em inglês quando Tom escreveu a versão para o Sinatra. Vivo na noite pelos shows da São João. Não decolei, mas canto e toco todos os dias, alça da caixa esfolada, meu violão Giannini. Cordas de nylon e aço. Dedos moídos, pontas duras, sem trato, mas o que levo mesmo é aquele garoto de doze anos, rato de praia, moreno nas pernas, dorso aberto. Um dia larguei a escola, tomei um busão e fiquei anos lá, um verão eterno. Férias. Nem preciso! porque tocar e cantar é voltar naquela varanda com meu pai a plenos pulmões: Minha vida era um palco iluminado/ Eu vivia vestido... Se estou em qualquer biboca, estou naquela praia. Com todos de férias.

A água gelada passou depressa, passou cortando. A memória precisou desse banho — até com um pouco de gás. Goladas forçando as amídalas a darem espaço.

Passo pelo túnel, na piscina o céu de reverso. Giro. Os miolos fervendo. Invoco a primeira emenda. Essa pérola negra é a primeira fala do verão — nos seus dias de meio. Em meia taça, o colorido do amarelo da laranja no copo. Meio-dia.

Sou eu não.

Eu sou dentro, movida entre cobertas, não sou solar. Sou a descoberta entre as torres do xadrez, aberta ao peão que avança. Vou de xeque-mate.

Desses líquidos, afinal, somos feitos.

ÁGUA

Só girando me pertenço, latejo, bocejo, ardejo, me vejo. Me vento. Volto na espiral ascendente, volto em fractal do fractal da folha da palmeira.

Subo, da nuvem, no tempo.

Do olho gigante de cima, as folhas do palmito giram comigo. É orgasmo que vem com choro. Poder amar até esgotar a bela água, essa de dentro. Expulsar odores, verter o imenso.

Sobem bolhas de gás, enchendo minhas órbitas – meu cine-olho.

Me volto para o calor do instante como se nada mais houvesse, além da passagem do ar de volta à garganta. Mas desta vez, seu ar, seu gás. Retorno.

Passou depressa, arfando.

FRACTAL

Bicicleteiro

Ao estacionar para abastecer o carro meu olho parou na loja, ainda aquela, na mesma Rua Pinheiros. Descia da Borba Gato com minha bicicleta no ombro até chegar naquela loja. O bicicleteiro nunca pronunciou uma palavra, e sei porque continuei a levar as bicicletas de meus filhos, numa vertical de tempo mas numa horizontal da loja. Ele era japonês, daqueles milhares que enfeitavam o bairro com as verduras do mercado, a cultura dos restaurantes, as lojas de quinquilharias preciosas. Nunca envelheceu no seu jeito zen. Eu deixava a bicicleta lá sem papel algum e uma semana depois ele levava vinte silenciosos minutos procurando, uma sobre as outras. Fiquei hipnotizada no posto. Certo é — ele morreu. No dia em que morreu, como será que acharam as bicicletas? Onde ele morava? Como se chamava? Minha memória em sépia.

As que estiveram em nossos jardins, salas, degraus. As que usaram a energia para espantar vaidades, os maus olhos, protegerem com a carapuça brilhante. Há muito para conversar sobre tartarugas. Nas artes, nos templos, em vários idiomas. Somos desenhistas, desenhemos. Como ceramistas, vamos dar vida ao barro, tornar jabuti. Colocá-las nas portas das casas. Pensar em por que estão na base dos pilares na Sagrada Família. Minha caipirinha é de limão sem açúcar. Dobra a dose. Papo-tartaruga, Gilda! Quarenta graus. Tartarugas, pró-secos e a sombra do verão. Que vivam as tartarugas.

Conversamos sobre tartarugas

PRISIONEIRA ESTAFADA

A curva inusitada deu na praia. Tanta espera e tanta angústia, vindo pela estrada percebeu qualquer confusão. Talvez os verdadeiros prisioneiros, os das solitárias, soubessem contar o que passou a sentir. Ilhada de liberdade, dormiu confusa tentando encontrar seu quarto seguro e gigante deixado para trás. Quem queria tanto? Procurou as luzes sem encontrar — não estavam no lugar. O travesseiro caiu, virou-se dando de cara com uma parede estrangeira. Queria de volta os muitos metros estanques, as portas laterais precisas, o degrau familiar, íngreme. A prisão ainda estava nela dentro de tudo que tocava, dentro do molho no prato, dentro do copo de gelo e água. Amanhã, entre a ilha e a pouca areia grossa, conseguirá abrir as janelas azuis.

Temporal

Gosto dele.

Cheiro de pólens, água doce,
coisas que vão.

Janelas abertas, corri da rede,
escrevo ouvindo.

Estrondo de Iansã, Oxóssi.

Estrondo de mata, cachoeiras
luminosas, estou inteira.

Amanhã é 2021.

Pedindo perdão

Passaríamos horas mudas pedindo perdão pelas ofensas dos dias surdos. Os próximos, dedicados às mãos. Iriam ritualmente redesenhar a longa jornada corpo adentro, as descobertas feitas no corpo do outro. Peito arfado e o ar rarefeito. Ainda serão macios esses lábios? Encharcados que foram? Esquecidos assim? Essas faces em enlace sem pressa, indo e vindo. A barba na pele rosa. Respiramos juntos, apertamos mais. Suas costas largas como um território e sua mão na minha cintura desenha o riacho. Me levo até você mais. Brincamos de estátua. Traídos pelos olhos, uma tontura ofegante. Procuro sua língua e puxo com força. É você novamente dentro de mim.

Fim do amor

O cavalo se afogava
e sonhando
não pude nada
Cavalo Dali de Guernica
em pavor
no limite
no fim

O cavalo se afogava
e sonhando,
não pude nada

ERA LUZ

Na cozinha iluminada esperei olhando pelas janelas generosas que a água fervesse. Com calma, coloquei duas colheres rasas de pó denso no coador de pano e lentamente deixei a água correr. A xícara preferida não tem pires, nem é grande como nos filmes. Tem o peso exato para as cinco da tarde. Lorca? Sento e apoio os cotovelos na bancada. Dá para sentir a luz baixando, o ritmo de vida pulsando ao seu inverso. O café se espalha na alma.

A Luz do Último Dia do Inverno

A Primeira Luz da Primavera

Lua

Pulei da cama atrapalhadas as horas
dei com o banheiro claro.
Bebemos tanto vinho
caí dormindo e exausta
desse dia longo.
Tão frio para o banho da manhã
e sem nenhuma pressa
voltei me embrulhando.
As horas mentiram, não
a lua é quem embaralhou a luz.
Daquele diamante branco

Pizzaria paulistana

Sou assim, me atropelo, corro dessa gente atabalhoada de papéis. Bairros tão distantes! como se meus membros fossem os de um gigante que não consegue cortar suas próprias unhas. Minha Universidade de trinta alqueires de flores, lagos, livros, raias olímpicas, biotérios, arcadas, vacinas, museus e vanzolinis, é história de ressurreição. Sua fênix. Rugem os trens sobre as pistas de velocidade, zoam trens por baixo da terra. Tremulam. Quase um hino balançando flâmulas.

Sem mar de referência, nunca tenho o pôr do sol completo. Se esconde tímido atrás de qualquer pedra, sumidouro, totem de elevadores panorâmicos. Sou deselegante, roupas discretas, pouco carnaval. Sou palmeira única de um só verde, sombreado. Tenho um Abapuru a qualquer hora num ponto de ônibus da Vila Carrão. Buracos para todo quadrante. Alguns são cinemas, outros margens de rios mortos, outros teatros, borracheiros, veios de vida por debaixo de mim.

Tenho trilha para todas as direções, além da música, trilha de idos festivais. Bússola de geração.

A cada pandemia redesenham o quarteirão, primeiro com o trator depois com a parede fina de gesso e janelas escandalizadas de alumínio. Crianças nos semáforos, sinaleiros, nos faróis, crianças meteoros, brilham em césio nos luminosos, chispadas, crispadas, são centelhas.

Vai um chiclete aí, madame? Sou Mooca de Manita, Santana de Ayrton Senna, sou eisbein do alemão. Vivo numa enchente de prosódias que Premeditando o Breque nunca me deixou mentir. Convivo indiferente com a violência e suas partículas: porra meu, isso aí, aí ó, vai pra casa dona maria! Gêmeos são meus, Kobra que esbarro no minhocão — essa pálida passarela no meio do entulho.

Quanto chorume eu recolho! quanta gente de mala de couro forrada de linho forte e brim cáqui. Sou Lina Bo Bardi em vidro. Balanço no concreto acima da Avenida, sobre a linha de um rastro de montanha. Que sumiu. Contraforte de Mata Atlântica. Coalhados desatinos de melancolia, vivo à Margem da Palavra.

Meu Campo, meus Campos são de letras comuns dependuradas, bandeiras agitadas. Diga-me, Oswald, por que Rudá é Rudá Polaramine?

Bandeirante da Tela

Minha avó ficava comigo para mamãe poder trabalhar na Companhia Cinematográfica Bandeirante da Tela, o que era uma petulância para aquela família cheia de preconceitos. Por quase quatro anos, foi a forma de mamãe se manter firme no emprego e lutar antecipadamente por um direito que nunca chegou a ser usado — ser uma mulher independente. Amélia, minha avó, sempre com um lenço nos cabelos e roupas negras, morava na Rua Bruxelas no Sumaré numa sequência de casinhas iguais que estão lá, desfiguradas, mas ainda lá. Era a única casa da rua com telefone e a vizinhança ilustre podia usar sem pudores. A proximidade física com a TV Tupi tornou a rua especial.

O vizinho de meia-água era Lima Duarte, com suas filhas Débora e Monica. Hebe estava a um quarteirão dali, amiga de minhas tias e minha mãe. Tomavam chá às vezes e me levavam à casa de casal do Almoço com as Estrelas. Havia outros artistas ali, todos ligando e recebendo chamadas da casa da vovó. Lembro-me dela fazer o caldo verde e passar pelo muro para o Lima, porque ele amava. Nas noites frias, se ocupava em distribuir o famoso caldo português.

Amélia temia a geladeira. Continuava a colocar a manteiga na água numa manteigueira de vidro e no sereno paulistano. Realmente a manteiga era outra pela manhã. Lembro do cheiro de alfazema dos lençóis de sua cama de viúva. Me abraçava com sua camisola cheia de pudores, cabelo solto reservado só para mim. Uma única luz vinha de uma espécie de explosão do rádio de válvulas que projetava um leque amarelo sobre nós. Um botão grande sintonizado na tarde com novelas de rádio num oferecimento de um certo pó de arroz. Mas incrível era o rádio à noite, subvertendo tudo o que era imposto a ela durante o dia. Ela ouvia O Grande Jornal Falado Tupi, momento em que eu adormecia.

Herdei delas, minha avó e sua filha, a independência.

PÉS

Meus pés andam duros. Rijos. Olho-os com complacência. Têm mais de sessenta e voam. Vão comigo perambulando pela noite, correndo atrás de minha sombra opaca e mansa. Agora, mais mansa. Ponto extremo para quem invento mãos poderosas que os deixem moles, tranquilizados como um animal anestesiado com dardo. Observo como observo o tempo na janela estreita. Corri, debati, nadei, dancei.

Pés descalços — sob a torre em que me finco.

Rabiola

Acordei pensando que era criança. Pulei da cama para sair na rua, me vesti de menino, e procurei o portão de ferro baixinho daquele muro baixinho, eu, baixinha. Olhei dos dois lados e nas calçadas estavam os grupos de sempre no primeiro dia das férias. Muitos dias não teremos hora ou lugar certo para almoçar. Na Arthur Azevedo próximo ao córrego aonde o asfalto não chegou, mamãe não me deixa ir. Lá estão os meninos mais velhos jogando gude. Não posso. Posso comprar no armazém tudo para que meu pai, de noite, faça o papagaio de seda para nós. Preciso que mamãe ajude na busca da lata com a linha. Vou pedir rabiola colorida porque sou menina agora. Levantei menino, mas procuro as amigas para as brincadeiras mais amenas. É preciso aproveitar a manhã porque logo o inverno trará a garoa paulistana e iremos nos deitar no sofá estreito da casa geminada para assistir Lassie.

Ele nasceu comigo e se instalou. Improvável que eu fosse arquiteta e não fui — menos ainda, editora de cinema. Quantas vezes ele resolveu a vida me chegando em forma de inesperado? Preciso delinear um personagem para um texto, uma crônica, mas, ouvindo a aula de montagem entre setenta alunos num workshop, discutimos quanto o Improvável fez e faz coisas em nossas mesas de trabalho, nossas ilhas. Esse personagem é secundário em nossas histórias e exatamente por estar em mim nessa condição, o Improvável me torna eu e permanece.

Secundário porque ele é como a vizinha do andar de cima. Ela arrasta móveis pela noite me avisando que existe. E saltita às 8 da manhã com salto fino sobre minha cabeceira. Meu personagem desconhece minhas dores porque sugere que eu avance — escrevendo, cuidando de minha vida, plantando abacates. Improvável o encontro de um biólogo que tenha tanta alegria em acompanhar o plantio, que se faz lentamente um grande especialista neles. Choramos de alegria com os brotos pequenos e nos desesperamos com uma chuva (improvável) de granizo que tudo derrubou.

PERSONAGEM

Improvável se especializou em mim, me entregou dores e amores. Improvável que aquele homem iletrado que desesperou meus pais pela falta de um diploma viesse a ser o pai amoroso e provedor. Era meu vizinho de rua, eu passava sem dar a menor importância, e ele sequer me via. Geramos filhos e netos. E casas e filmes. Cuidamos de cães, vacas, cavalos, alimentamos passarinhos. E perdemos muitas coisas.

Ele, o personagem secundário, me deu cabelos brancos que escondo — porque meus pais os tiveram muito mais tarde. Me deu amigos variados em muitas cidades, em formas de vida, num avião ao acaso, numa oficina de crônica.

Dono de minhas mãos ágeis, dono da minha falta de noção de perigo, dono de minhas investidas pelos pincéis, pelo desenho, pelas hordas banais da poesia. Tão preciosa ideia! jorrou num instante. Fluiu sem comando, sem censura, sem regras básicas. De novo, ele me define. Improvável senhor!

IMPROVÁVEL

Volpi

Quebrou o comprimido de insônia em dois pedaços e logo veio a imagem do quebrar tudo que havia na casa. Lembrou que já havia feito isso. Quebrado a própria imagem com a violência reprimida da infância. Dolorosa realidade tardia que levava seu olfato até as camisas dependuradas, bandeiras agitadas — e vazias dele. O extremo foi acariciar o e-mail de anos atrás. Tatear a pontuação, o respiro das frases, como se o estivesse puxando pelas fibras óticas. Quem sabe ele voltaria? Um parágrafo de tragédia, comoção, desajuste e admiração mútua. As camisas brancas alçariam voo pelo andar todo, flanando pelas janelas embandeiradas. Todas elas feitas de caquinhos de Volpi reconstituindo lentamente o rosto daquele que a abandonou para devolver um copo de cólera.

Página em deserto

Passam apenas grãos de ampulheta pelos meus olhos. Medito sem ter nada a dizer. Nada. Chegar aqui envolveu milhões de minutos de observação de pássaros. Ver crescer os pés de meus filhos. Não há o que comentar. Crescem. Posso somar um grande silêncio, desses abertos, mas que zunem os ouvidos. Escrever, dizer, contar são suores, nítidos voos no passado e para o futuro. Dizer do presente? Passou.

ARCO DO TEMPO

Quem sabe na caixa de fotografias conseguisse reerguer aquele homem que tombou novo. Recomporia não só a trajetória de cometa que viveram, mas traços alheios, mãos que não notou, ombro em movimento, sobrecílio. Será que se reconheceria? Sentados, lado a lado na festa de colégio? Fotografias nos matam antecipadamente, nos pegam sorrateiramente, trazem até o Oculto. Rever as roupas que se foram e se perguntar — para onde, aliás, elas vão? Qual pó vira a roupa? Esse em suspensão que se movimenta contra a luz quando soprou a caixa? Pelo ar e pela fresta, as cores e estradas, redes e poltronas, cavalos e meninos, avós e bolos, risadas e poses saltaram para o jogo da memória. Era quase ele. Papel fosco, preto e branco, coladas, empilhadas e fragmentadas. E por não conterem qualquer ordem, ao acelerar o ritmo das escolhas foi como se ele voltasse a se mover. Deve ser isso o cinema. Pedaços de momentos, ritmos inexatos. Clip. Barcelona, Turim, arredores de Paris, Ilhabela, Bichinho. Tudo aquilo só ocorreu uma vez, instante aprisionado. E se aprisionado está nessa pilha desconexa, desvendará uma certa história. Queria, no meio daquele embaraço, encontrar cartas que decerto foram colocadas ali na hora da mudança junto a outras bugigangas, crachás, cartões de embarque. Mas nunca poderia imaginar o choque e o vazio. Ele mentira sobre as viagens a Buenos Aires. Ali estavam os tempos invisíveis da lacuna que ela nunca preenchia. Sua procura pelo pai que ele escondera como morto. Só uma entre tantas dizia quem era esse senhor de igual tom, igual barba, sobretudo de mesma cor, um pé posto à frente dele, uma mão inepta para o abraço. Quatro braços soltos, pai e filho que não se tocam naquele instante roubado. Era quem ele tentou apagar. Porque trovejou, balançaram as muitas folhas da mata circundante e tremeu ligeiramente a flor d'água do lago. A caixa aberta, espalhadas as memórias, fez aqueles dois homens estranhos se moverem num encontro dentro de sua circunstância. Haviam se reconhecido aos olhos só dela, tarde. Do pó das roupas e dos ternos, das bombachas e botas altas, renasceu o avô perdido de seu filho, inarmônico. Fixado petreamente no banho dos químicos. Não houve tempo para picá-lo com força e, enfim, silenciá-lo. Ali estava a equação demonstrada por Barthes: em toda a fotografia, o retorno do Morto.

Ruimar

Ruimar vem ver se consegue no fio do bigode alugar dois alqueires de pasto chaveado no pedaço isolado pros lados do Joãozinho. Vai colocar reses mas não sabe o preço. Tem só quatro vacas eradas, resto bezerro desmamado, bezerrada de 11@, capim tá alto dona, sei não essa seca. Sei não Rui, acho que tá endurecendo o capim, vamo cortá e fazer rolo antecipado porque as coisas tão caras e vai tudo prá energia da Celg, que levou o que é nosso, né não? Sobrou pra um feijão e arroz — e olhe que fazia tempo que eu não tirava do prato dos fios, a carne. Vai batata pra mesa. Fica assim, Rui, leva o pasto. Deposita quando pudé. Regina, te falo, a caminhonetinha tá aí pra uso nosso. Nunca mais fique a senhora sem me ligar precisando de ajuda aqui. Viúva nessa terra precisa de vizinho disposto. Mas Rui não gaste em transportar: traça uma linha do Fernando do Dito até a porteira ali do Tarumã e vem reto que sai lá. Sabe que é mesmo? Segunda passo aqui, berro e grito! Deus abençoa nós tudo que vivemo caçando um jeito de continuá. Tomara que chova Rui, tá secando a mina. Deus ajuda, chove sim.

BANDIDO DO SONHO

Bandido do sonho

dorme o bandido do sonho

dormem os olhos ameaçadores de minha mãe

dormem sem exalar morte

descumpro os planos do destino

desvio o olhar de loucos

que por mim transitam

irão me obrigar a escrever

poemas

centenas

Sua metade implacável era sua meia-morte. Aquela que adornava fluidos nos veios dos riachos. Morte. Meia-morte, feminina, em verdade, um Senhor que abarcava todo o céu escuro. Um que se via quando O Sol reservava a luz para o Dia. Esse meio-cordel, quem sabe, pensar em impressionar com a mesma voz de Ariano no Eterno. Um meio-inexorável de cantiga. Pois escreva, escreva pensando no rumo onde a prosa possa fiar, onde possa se ater sem resvalar em Poesia, a dona de Tudo. Varrendo a sola dos pés nos cascalhos poderá sumir de um jeito! Sumir roçando o corpo pela folhagem dobrada dum lugar previsível como o fim de gente que usa faca, força e traição. E somam na conta de menos. Meia-morte. Histórias de um Sem-fim. Sebastião, Serafim, sacolejo, mortandade.

CORDEL DA MEIA-MORTE

"Quando eu morrer, não soltem meu Cavalo
nas pedras do meu Pasto incendiado:
fustiguem-lhe seu Dorso alardeado,
com a Espora de ouro, até matá-lo."*

Eeeeeeeeee, vá penando para contar um cordel de barba, fel e tacho, mel doce e esculacho. Para que tantos brasis se se enrosca (a gosto) em palavras sorrateiras? Que deem as videiras, porque a campo aberto, o pônei alado entra no Céu do Dia curto, serenado. Não traga sentidos ao fazer a copiação de quem se venera. Ditongos, tritongos. Paroxítonas exaltadas. Ah! desrespeitar a trama dos acomodados, virar esse conto copiado em texto de memória, sem manchete nem centro. É texto fervura e soluço de horas. Brasa na noite junina, fogo acelerado chapiscando em estalos azuis, subindo. E por isso pulsa esmagado um temor ao Diabo que pode estar na sua casa, de lado, como um presidente vexado. Faca, força e morte inteira àqueles que roubam os desvalidos.

**Trecho do poema* Lápide, *de Ariano Suassuna*

Lua de mel em Paquetá

Papai fotografou as pernas de minha mãe na praia.

O que mais gosto nesta fotografia, além da sensualidade, é o lambe-lambe ao fundo olhando torcido para o que ocorria.

O ângulo ajuda a curva dos joelhos a acompanhar a curva da ilha lá na frente.

Pernas de mar

2014 00:00 SERTÃO

Minhas cigarras avisam que o tempo é de calor. Revistas e livros pela cama. Deu vontade de abrir o Face para ver quem solidariamente estava na rede. Poemas me embalam. Filhos no mundo, pé na estrada. O suco de abacaxi acabou no copo da cabeceira. Feliz dia 1 aos que estão frente à tela habitual.

Silêncio aterrador.

Solidão bem-vinda.

frente a mim

Homem de pé frente a mim

Parece alguém em quem deixei

Vesti

Por ele vi através e tanto

que perdi

Fragmentou-se em luz

e eu menti

ANIL

água ebulindo papel de pão para ser costurado e virar caderno de meus primos as folhas e talos cozidos na sopa para nada perder cebolas cortadas na tábua não se põem flores na boca a mastigar há veneno nas coisas cheirosas também esse seu jardim — quase oceano — jardinzinho de ervas daninhas enraizadinhas que apontam como meu dente que caiu sangrou deixando um fel como as taturanas das alamandas por cima do musgo do tanque as avencas que vieram no navio e aqui tudo tem al de álvaro almeida fundura de alpendres encerados de vermelho cardeal

me empurra com dedos de descascar maçãs embeber peras na calda ajuda o meu joelho que se dobra mas ainda é alta a cama com seu moscado travesseirão de penas branco lençóis sovados no anil depois quarados ao sol — o mesmo pano onde de tarde antes da chuva coloquei meus pés descalços na borda correndo no quintal atrás da Gimba engatinhando vou para a luz estelar que emana das válvulas do rádio e ela senta do lado acomodando pernas pesadas e abre o abraço onde afundo sem respirar no seu peito solto grande aberto não deixo que se mova — espera vovó deitar

enrolo na cambraia e enrolo seu corpo aprumo suas pernas nas minhas lisas e retas sorvedura de séculos ranhuras de tempo de trás até que as cobertas são sacudidas para o alto para descer devagar o cheiro da alfazema fresca de seus guardados olho o teto anelado em sombras depois penso criança que não tenho certezas e que vão-se indo as poucas porque vou deixar minha vida em seus pedaços mornos de banho quente com os temperos que virão de amanhã — o arroz de azeite e tomate coado — tudo que é bom vem dela e virá e vou viver de poesia

Ipiranga, São João

Durante a noite, que noite, que nada. Abriram a cachaça e sorvi como um gato no leite derramado. Vivo na sombra fatal de um ego maldito. E tento, sem conseguir, um lugar mais ao sol — do sol possível de um meio-meio-dia. É que ela me deixou no vão dos trilhos que nunca se encontrarão, procurei reto, pela linha, indo nela, chutando pedras que um louco qualquer deixou por cima do aço. Tenho que declarar todo esse torto amor em clichês batidos. Acho até que clichês sovados como roupa branca de lavadeiras de rio. E foi-se assim, descendo pela água que nunca mais a vi. Foi-se indo. Tonta vida de um bêbado febril, cópia malfeita das letras de música que dormem na minha memória. Se não as espanto, tomam meu corpo de assalto. Fico embriagado de suas sílabas. Gato preto, escada aberta, tesoura na cama, lua cheia. Impregnado de clichês imagéticos vou dar tratos à bola, rodando um dadinho, jogando bilhar. E se der vou matar a fome ciscando a porta dos fundos dos restaurantes da São João. Oh! Pai, meus clichês são músicas talhadas no grosso da espuma desse chope gelado, tornado corpo dela, aquele que sumiu como bolha. E quer saber mais? Meus louros serão como pêndulos que movem os sinos gigantes, os que não podem apenas soar com o peso do corpo na corda. Há de haver um peso igual para movê-los, expurgando o som do missal. A ladainha das carpideiras. Sabe-se lá se os clichês imprimiram meu desplendor da própria vida. Essa — matreira, algoz, brutalizada. Soem sinos à porta do Arena. Da São João até aqui perdi a doce dama, e o Bar Branco cerrou pela manhã. Nada mais acontece no meu coração.

Leblon

Quem ainda ou antes não teve um amor fugaz sentado na cadeira de um bar no baixo Leblon? Quem não fugiu ainda ou fugirá da cama para varar as ruas na tempestade encontrando o amante fugaz, sentado na cadeira de um bar no baixo? Quem não beijou ou irá beijar ainda todas as bocas tórridas com seus pelos eretos? Quem vai calar ou calará a voz que vem disposta a deslizar na onda macia e intensa dessas nossas formas? Quem viveu ou viverá dentro de si repleto desses silêncios?

Elefantes

Afinal comprei aqueles elefantes empilhados para que a sorte sacudisse o sino que segura todos eles, numa tira de pano presa ao teto. Dei o presente indiano há tanto tempo. Estava na rede olhando o quanto ficaram lindos com os anos, desbotados. Bateu noroeste. Começaram as folhas mortas a girar no meu pé quase indo ao alto da cabeça. Depois choveu forte com cheiro de terra e a calma trouxe quatro pesca-peixes e que piam antes de se aboletarem no seio gordo do nó de palmeira. Uma massa compacta de pássaros e tiras secas das folhas. Amontoam-se, abraçam como casais. Cegonhas do cerrado de pio sofrido. Fitei-as, voavam de um pau-ferro para a sibipiruna. Eu ia atrás sem assustá-las. Cegonhas, elefantes, peixes, folhas, palmeiras, sucupiras. Sou feliz nesse silêncio comandado pelo acaso.

Cristal

Reviro malas antigas, os copos de cristal, restos atrás das gavetas. Hora de ajeitar a vida. Tantas mulheres reproduzem isso, todos os dias, durante tempos. Nós que perdemos os parceiros de vida fazemos com parcimônia. Uma gigantesca onda de lembranças aporta lá dos fundos de armários e paralisa o dia que ia normal. Não sei como consegui passar mais da metade de minha vida com essa pessoa que emerge sempre do fundo do quintal, no profundo do sono. Ele não sai. Mesmo que eu trate, destrate-o, empurre com a alegria, bata as duas mãos como se o serviço tivesse sido feito, nada muda. Ele volta para a minha pele, amanhece nos cabelos. Tenho que tomar banhos mais longos senão ele aporta, fica para o jantar, sopra pela casa vigilante como uma bandeira, catavento colorido que assovia. E não adianta queimar velas porque ando queimando meus navios. Estou num cais e esta sensação não se vai. Estou no cais e a qualquer hora de tormenta ou calmaria ele fincará aqueles seus nós.

Romeiros

Amaral fala rouco e é alto, meu faz-tudo. Vou dando tantos afazeres por empreita, que quando chego em São Bento, lá está ele cobrindo as coroas para a geada não pegar os abacateiros. Furou um poço de mais de oito metros e me mostrou aqueles anéis todos até meu pavor de altura me trazer para trás. Tá bom, tá ótimo, não quero ver mais. Fecha a tampa! Já conversamos sobre tirar as muitas goiabeiras que ele teima em deixar. Amaral, preciso de espaço e tem muita goiabeira. É pros passarinhos, é pros passarinhos. Hoje vimos romeiros a cavalo, de charrete, rumo Aparecida do Norte. Que lindo, hein?! Mas sabe, Regina, tenho dó dos cavalos. É chão. Dá tristeza pensar como ficam sacrificados. Romeiro bom tem de ir de a pé.

Licor

Lá se foram cálices de Limoncello. Gelados, envolvendo o palato, meu calado peito, minha alma verde-clara. Tantos copos depois, açucaradas todas as minhas janelas, tornaram-se de mel, amoleceram de sono. A sala range mas é Jobim, Mantiqueira Range. Quem me vê derretendo procura o caldo quente do limão que se fez licor. Tá quente, já te disse, as janelas derretem. Essa sala que nos queima, nos mata por nos atar. Assim, fica. Vou ficar. Me tange a garrafa nua, gelada. Assim, flutua e enlaça. Não me larga, ata.

Drão

queria ter estado no trem
para as estrelas
no trem das cores
no trem azul
em anos estas palavras
nada representarão
a não ser trens passados
entre os olhos
o peso das lágrimas
terá sido peso inútil
não haverá sequer
qualquer átomo
de mim em outro
trem imaginário de
qualquer circo voador
redentor
me proteja desse tempo remoto
cada vez mais vão

ÚLTIMA IMAGEM

Saio da cadeira, desço as escadas e chego à rua. Havia deixado para trás, e naquele instante, a profissão que abracei. Durante o percurso para casa me vinham momentos de prazer, dificuldades e vitórias e a adaptação vertiginosa da digitalização dos filmes. Em fast, as madrugadas, as viradas de noites, editando. Vinham meses, anos, muito trabalho. Levava comigo a mágica da construção de narrativas. Milhões de páginas de roteiros, o ver fazer de uma equipe e seu trabalho, que chegava, enfim, para o momento final — um filme de começo, meio e fim. E de flashbacks e *flashforwards*. Me certificava reiteradamente enquanto dirigia sobre o privilégio de ter conhecido tantos artistas de áreas distintas do cinema. Tocou o celular. Veio o convite para uma supervisão de edição em um documentário. Respondi francamente que há muito não opero os softwares e que não imagino como fazer sem que eu mesma trace o exato ponto de corte. O telefonema vai me amolecendo porque a possibilidade de voltar para uma ilha de edição bambeia minhas pernas. Que nada! É igual a andar de bicicleta! Vou filmando e te enviando, você escolhe e coloca na ordem que quiser, porque essa supervisão é melhor chamar de co-roteiro. Vamos escrever juntos. Fiquei olhando para a tela que refletia meu rosto quando Gali desligou apressado. Espelhava lentamente em fusão uma imagem límpida: eu na moviola da primeira grande produção em que trabalhei como assistente, O Beijo da Mulher Aranha. Esse roteiro não estava impresso, essas imagens que via com tanta nitidez, ninguém as editou. Fui devagar me escorando na cadeira. Colocava as mãos nos copiões, suas imagens em acetato, sem dimensionar que O Beijo se projetaria à frente para entrar na história do cinema. Rápido, meu filminho alucinado me trouxe os assistentes que criei, me trouxe uma juventude que não me abandona quando eletrizo para um bloco de imagens em movimento. Vieram as várias ilhas de edição em São Paulo, Rio, Los Angeles. Os estúdios de mixagem, os estúdios de gravadoras, as ilhas gigantescas das finalizadoras. Vieram os rostos dos redatores, dos coloristas, dos produtores, diretores de arte, músicos. Sorriam como se estivessem me convidando. Um vórtice girando a vida vivida. E a retina que pôde experimentar uma convulsão de cores e sons. Como se não houvesse fim, ali estavam as minhas últimas imagens.

TGV Paris-Barcelona

300 quilômetros por hora. Seis horas assistindo a um filme pela janela, acelerado. São rigorosos os detentores desse veículo. Muitos tratando de fazer essa bala de aço atravessar o país chegando no Mediterrâneo pela Catalunha. Nos pastos vejo o charolês, as ovelhas, vilas, oliveiras, as indústrias, galpões, os vinhedos, os portos, veleiros, túneis, terra arenosa, castelos. Fragmentos deles clipados. Pelo trem, andando de vagão em vagão, penso. Quantos metros faz um passo que dou na direção inversa à velocidade? Trocando o curso para voltar para a minha cadeira, imagino ainda mais que eu esteja andando junto, a favor da velocidade. 300 por hora + meus passos. Nada mexe. Só os vidros sujos, duplos, pesados dão a sensação de movimento. A água do copo tremula, uma fonte de luz pulsante ilumina formas estroboscópicas. E ora azuis, ora brilhantes, ora sol, ora nuvens. Os habituais viajantes leem, pouco se movimentam, dormem pelas horas todas. Estranhei que num período de atentados em grandes centros, eu pudesse ter entrado no trem sem qualquer revista ou sequer que minha mala passasse por um RX. Da rua fui direto à plataforma, arrastei essa mala e coloquei no compartimento usual. Deve-se prendê-la. Prendi. Por duas vezes cruzei com um homem negro. Era um clandestino. Se escondia no banheiro que eu utilizava. Ele sentia que havia alguém

querendo entrar e saía, sentando-se numa espécie de poltrona curta próxima à porta. Seus olhos esbugalhados, e cheirava mal. Nada pedia ou dizia. Havia, portanto, a grande facilidade de chegar no trem, dentro dele. Fugia do picador de tickets, uma entidade europeia centenária que destoava da magnitude do veículo quase espacial. Flutuante. Pelas ruas vi o exército francês e suas três estrelas — marines, soldados vestidos com camuflagem e um uniforme azul dos aviadores, talvez paraquedistas. Fortemente armados, andavam fazendo uma muralha na calçada ostensivamente. Então o que significava aquela porta escancarada da gare? Passávamos afinal por uma fronteira, apesar de estarmos na Comunidade Europeia. As malas e todas as bagagens ficavam em alguns dos vagões e nem sempre próximas dos proprietários. Talvez ele fosse bastante rápido para desembarcar com qualquer uma. Também não havia etiquetas ou qualquer controle. Não tive medo dele. Muito menos de perder aquela mala. Tive muitas horas para pensar na sua condição em meio à abundância daquele lugar. E pensei em outros que pudessem estar conosco recheados de bombas pelo corpo. Desci em Barcelona. Arrastei a mala até a calçada. Nada dele. Quem sabe estaria voltando para algum lugar. Com fome.

SÓ

se está aí sozinho mande um sinal se por acaso a casa silenciou daquele jeito estúpido que ousam dizer privacidade é nada sou esse início de madrugada chuvarenta que ilumina com o clarão daquele poste impressão febril de que estou só por um acaso que nada se faz sem ternura e que reverberar o quarto só se fosse pelo zunido de seu cochilo leve e aqui soa frio um sino de catedral por meus pés há notas musicais fora da pauta zunindo também como abelhas zzziiiiimmm e a casa é só

ENTRE DENTES

Manga carnuda! Uma pitanga roxa. Era para você saborear como um morango. Naco de pele que se abocanha com prazer! e com aquela dignidade que cabe aos primitivos. Molhou a roupa, encharcou os pés. Escorreu chuva pelas pernas e entre os dedos calçados. A cidade cheirava fruta fresca. Me acredite. Não sei se mordi o corpo carnudo da manga ou quem sabe? mordi você.

Memória

As pálpebras tentam impedir a luz mais densa, baixam fazendo a memória maior do que um dia suporta.

Memória, memória. Essa senhora redonda de pele clara e rechonchuda me grita de manhã. Memória, memória.

Sou atacada por formigas, são voos de abelhas, dezenas de milhares de imagens. Joaninhas subindo pelo travesseiro. É tão grande. Foi a metade de mim e foi a metade de minha vida.

ROCK É ANDRÓGINO

Norte passa à beira

da minha cabeceira

Norte que me tange

Norte que me embrulha esse estômago.

Rock andrógino, não me deixe

por essas noites vazias.

O tempo indo rumo às velas do pacífico.

rock branco

tormentas do rock negro.

Black star.

Blue train.

GRAÇA

Essa bebê solta num mundo de animais de floresta, percebidos como lontras. Alguém de coração lhe avise que são brinquedos feitos de cordões e retalhos. Para não morrer de susto. Se Deus estiver mesmo por aqui, entrou por baixo da porta, na fresta do canto. Passou por sua caneta, pelo canal lacrimal, desandou. Calma, Senhor, ampare. Traga-a para o centro da roda dessa nossa pajelança, e que venha com seu escapulário. Traga essa criança iluminada para nossa manjedoura de cristal. Vamos derramar letras, falas, cânticos, rezas, bênçãos e livros sobre suas mágoas mais doídas. As de hoje, as urgentes. Traga para ser vestida em panos do Oriente, laranjas e azuis fortes, em sedas do Japão, panos tingidos no Marrocos. Depois banhá-la devagar com águas de papiro, verdes caldos de louros, transformá-la em alguém que dorme em seu doce esconderijo passageiro. Uma bolsa marsupial onde, exausta, possa se aquecer. Ficaremos a assistir consumados pela energia vital de sua dura luta. Ficaremos guardando seu sono secular para que o último raio de sol esteja. E quando, depois de tudo, se erguer brilhante, roupas embaralhando vento em seu cabelo, saberemos que o Senhor, meu Deus! esteve e ouviu, veio e se sentou, cuidou e abençoou, lhe deu colo e hóstia. Saberemos que velamos seu sono de muito tempo, sono de sinos e tímpanos. Ela se levantará ligeira como garota a colher lírios do campo. Durma e descanse, pequena Vanessa. Estamos aqui, junto a você, brincando de Deus.

Egoica

O que posta para seus seguidores e move binariamente o universo 01 00 — é só dela. Ela, que rompe o Word adicionando (add) todas as palavras erradas (como ela, inventadas). Fala de si aqui: o que pensa, o que come, o que vê, o que ouve. Rápida, sai na frente quando morre um grande. Roqueiro. Caminha pelas fibras óticas, cruza oceanos, se instala na Nuvem. Vai trançando bits e fractais para M likes. Mas não tem sido assim como gostaria. Ela continua em si. Vejo-a do outro lado desse espelho, francamente triste. Tantas vezes só. Ela não existe igual na tela. Não existe nela.

Apaga e volta, apaga e volta. Apaga e fecha. Escreve e apaga, desenha e apaga. Lê a tela. Se maquia para ela. E para mim, tela. Eu, sua dona, precisando dela. Fervo às vezes à toa. É assim que deve combinar amores, deixando um rastro. De novo? Foto de perfil? Um novo o gizado esperto? Outra flor? Eu conheço como, conheço de lado, conheço com sono. Impaciente.

Posso contar como seu mundo é de compasso binário. Poucas nuances, nenhuma travessia. Nenhuma travessura mais. Quase sou ela de tanto ela em mim. Assusto com o dia, a cara saída da cama. E enterneço de todos os lados quando, para ela, quase escurece. Foi só eu em IA pescar seu pensamento, que essa dona teclando — desesperada — achou o significado de estrela binária. "Uma estrela binária é um sistema estelar que consiste em duas estrelas orbitando um baricentro comum. A estrela mais brilhante é chamada primária, enquanto a estrela menos brilhante é chamada de estrela companheira." Ela acredita que é estrela primária, mas é a companheira — mais silenciosa — desta viagem.

PROJEÇÃO

Mano cruzou os braços no peito e decidiu — aqui fica bom uma janela. E ficou. A janela fez-se lá tanto tempo depois. Olho o horizonte em Gonçalves e vejo a casa que iniciei. Mas sento no chão observando a linha da varanda e quase tenho sombra das telhas claras. A projeção espacial é uma maneira de futuro. Você avança no tempo com bastante afinidade com seu passado. É uma espécie de saudade, tem trajeto, obstáculo, mas tem o dia em que o olhar estaciona o sonho. Devagar. Assim a vida encontra com as cores, e a percepção da passagem do tempo vira um copo d'água onde alguém gira a colher de açúcar

O maestro e o espião

As gelosias encostei para que a memória não me enganasse, mas nada adiantou porque quem aprisiona ainda é um laço de sensação tão antigo quanto o próprio sentimento de ser eu mesma. Amo há tanto tempo que essa memória vem cifrada. Havia o maestro e o espião. Havia o homem que eu queria e o homem que eu amava. Havia muita música e nudez somente para o maestro. O espião também regia já que vinha do outro cômodo o som que povoava os momentos de sexo, inaudível. Os dias tinham frio e chuva e sol e noite e tarde. Tinha eu dois homens, mas passei a vida sem perceber que o espião me amara. Me tocou com suas escolhas musicais para seu gozo em arco, seu regredido sentimento morto ao nascer. Gentileza e ternura, espera e suspense, abandono. Toda a vida seguiu a distância do espião, que flutuou nesses anos todos nas lembranças dos amantes. Lá ficou nos dias limpos, nas noites londrinas, nos voos dos líquidos injetados nas veias, na arrebentação, silenciando seu corpo maduro. O espião tornou-se infértil. Deixou sua história esculpida no fecho da gelosia que hoje abro lentamente em busca do início dessa história incomum.

CIDADE

Venho da casa de A. pela rua ainda cedo. Cruzo rua larga olhando a ladeira longe. Negro o chão. Falta iluminação de rua na Vila. Faço uma linha mais longa de travessia de forma que, tridimensionalmente, a rua se abra ainda mais. O farol piscante, sem qualquer automóvel cruzando logo abaixo, dá um estranho arrepio de perigo iminente. Faz frio baixinho daquele sem grandes lufadas, aquele manso, que penetra a roupa. Demoro muito para percorrer pouco. O chão está cheio de informações preciosas. Onde eram folhas agora são pequenos fragmentos de cinza. Dobro a esquina ainda mais lúgubre — a rua de casa. Não consigo distinguir buracos na calçada, essa que conheço de cor. Não posso pisar em falso. Estranho não ter pressa. Cidades grandes, movimentadas, repletas, agressivas, sujas, torrenciais, vez ou outra surpreendem o próprio habitante, o conhecedor, o habitual do mesmo chão. Nunca deixarei de contemplar essa massa estrutural de sons múltiplos.

Amor que desconheci

Soube anos depois que me amou sem nada dizer. Tive amores que não souberam da minha alucinada paixão e sumiram como balões de gás. Amores retornaram vãos depois da vida mastigá-los em pedaços inusuais. Sofri sem saber que aquele menino seria a paixão da maturidade e me desliguei daquele em que apenas toquei o lábio numa festa nos loucos anos de liberação. Estive no centro da barbárie da conveniência e soube reverter a insuportável traição de amigos. Sofremos muito com amores suspensos, alguns em contingência, outros existindo somente em palavras, toques de mão, ardências de mostarda e de pimenta. Piscaram meus olhos, o menino se foi. Piscaram de novo, outro está na porta.

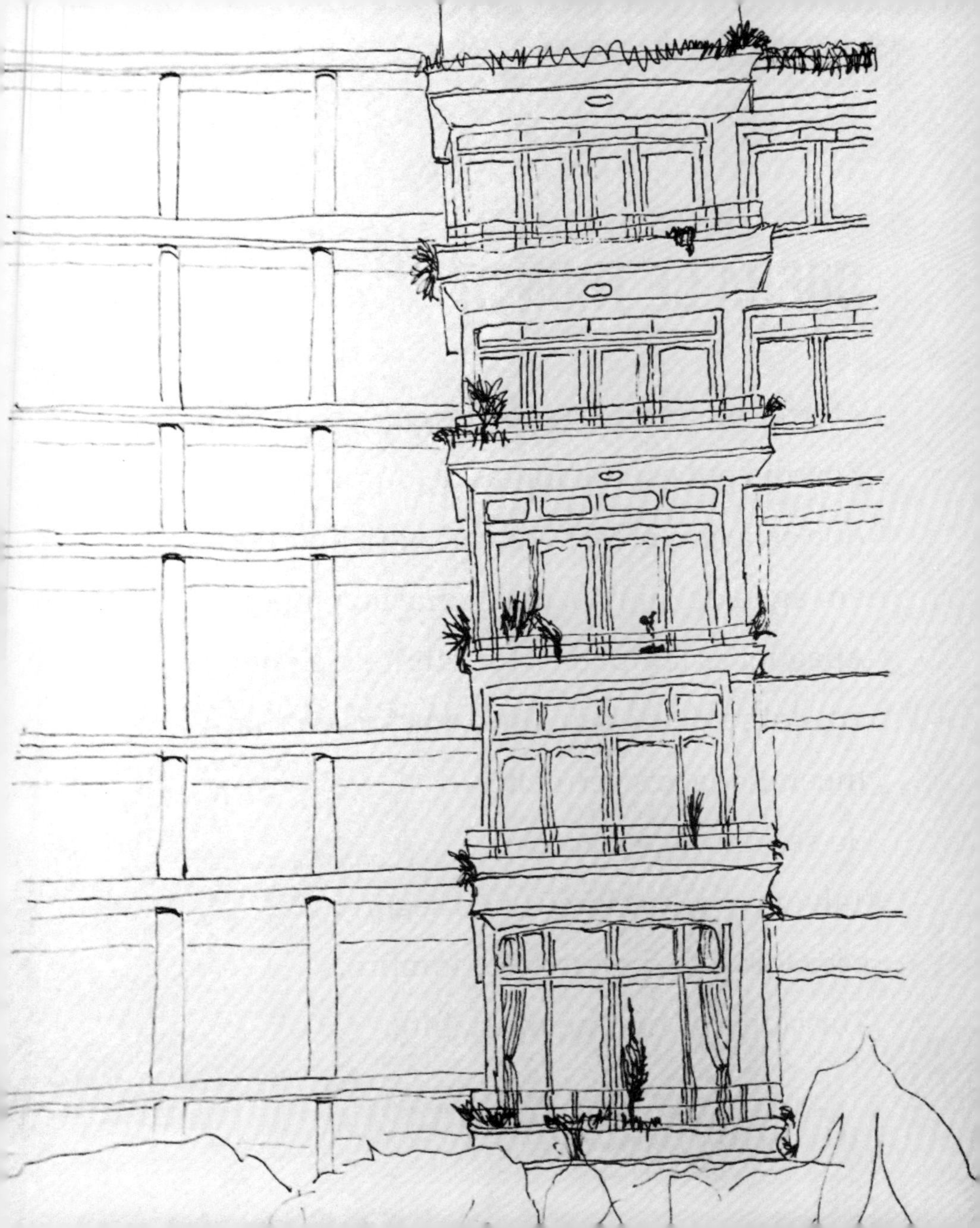

DOBRA DE TRONCO

Aterradora tempestade que cai em silêncio.
Zoando em espiral folhas de outono
que estavam presas. Todas agora libertas
em água de dilúvio, meu coração parado.
Apaguei as lâmpadas, tornando-me raios,
eu, dobra de tronco junto aos fios da rua.
Incendiada em vermelho
do semáforo piscante.
Talvez os vidros largos não segurem
essa força. Sequer o desassombro.
Turvada nuvem que me habita.

teria que cheirar alecrim
fazendo a pupila abrir
o som distorcer acima da oitava
descer meus cabelos por seus cabelos brancos
picar temperos
beijar de leve no cinema
in-espectador
in-esperado
in-violável
um interlocutor com quem pudesse
embarcar naquele trem noturno

Alecrim

Assistia à demolição. Os rapazes da transportadora tratando os livros como tijolos moles.

Um exemplar costurado e escrito à mão me sugou os olhos e pedi. Obrigado.

A letra trêmula não me era familiar. Letra ruim, não reconheci no princípio. Não sabia há muito como era quando veio o tremor. Desnudo um diário.

Imagino sua disciplina ao detalhar dias quietos em papel de seda, a nanquim. Tinha mais horas vagas para se dedicar. Tempo líquido.

Largado numa cadeira bamba e descascada, disse aos homens que continuassem. Falavam e riram — e fugi para as páginas grudadas. Antes, um gole no licor numa taça de vítrea palidez.

Folhas secas e uma foto eram parte desse minúsculo acervo. E havia mais nele do que nos fósseis que cercavam a casa.

Doação[5]

Folha imensa de liquidâmbar sem mais o tom forte e brilhante. Acácias amarelas tornaram-se uma linha de pó como um estilete marrom furando três das páginas. Intuí o que estava escrito porque a flor reescreveu detalhes. Alargou-os.

O retrato era um borrão de luz baixa, coalhada de pigmentos negros unidos a vermelhos. Surgia como tule, como gaze, o delineado cabelo de meu pai. Reconheci. Um cotovelo de alguém sentado me confundiu entre ser ou poder vir a ser, um ombro pequeno. O lugar era gramado — a linha do chão tingia um verde claríssimo.

Puxei — mas não saiu de sua posição, colada de tempo, inútil. Se havia uma data ou texto em seu dorso, as letras se fundiram. Não há mais.

Em pouco a sala estava clara, sem cortinas, muitas asas de libélulas no chão. Linhas retas empoeiradas de sobras de papel, cacos das capas. Eu no centro.

Girei, saindo calmo, lento, da despedida.

Reunimo-nos quando lançadas as cinzas naquela ponta de praia. Mas o diário, quase pó, embrulhei em papel-manteiga sobre uma seda azul em caixa de ébano.

Hoje é meu altar.

Amanhecer no futuro

Forrava o latão de lixo com o jornal do dia anterior. Minha mãe tinha prática em utilizá-lo em losangos para cobrir a superfície inteira. O caminhão passava todos os dias, tinha portas arredondadas na caçamba, sempre abertas. Ouvíamos as latas batendo no friso de ferro. Lixo orgânico, talvez um tubo de Kolynos, destoando, ou um assento de banheiro de madeira rachado. Dos que fisgam o bumbum.

O pequeno armário com espelho do banheiro continha tudo de higiene bucal, a Gillette do papai, aspirina, um mercúrio cromo e esparadrapo. Não sei como sobreviveram sem um arsenal para o nariz, outro para a garganta, um para fígado e estômago, antibióticos, anti-inflamatórios e sprays para múltiplos usos.

Ia ao armazém com uma lista pequena, dois ou três itens, que entregava para o português marrudo. Enquanto embrulhava, eu me deliciava enfiando todo o braço no saco de arroz, até chegar no ombro. Nunca ao fundo dele.

Menina! Saia já daí ou chamo seu pai! Derrama arroz no chão, moleca.

Havia gavetas na prateleira de madeira que guardavam massa pronta, letrinhas da sopa, que se pesava com pesinhos múltiplos. Ficavam acima dos meus olhos, no balcão — eu queria aquela balança para mim. Queria o baleiro de bocas redondas, giratório, com seus coloridos integrantes: silhuetas de soldadinhos cada um de uma cor. Açúcar e anilina.

O osso do filme 2001 de Kubrick sobe aqui da mesa do escritório, gira do ar, volta como nave espacial.

Ontem uma delas conseguiu desviar um meteoro a anos-luz daqui.

Tenho um armário com inúmeros blisters, antidepressivos, antiácidos.

Tenho três ou quatro tipos de sacos de lixo: para o banheiro, para a pia, para os recicláveis, depois o do lixo em si.

É a tormenta de expectativa de um novo, do novo, a cada dia.

Ansiamos por mais ossos, naves, espelhos, telescópios, o olhar mais adentro, mais fundo do que o saco de arroz.

Olhar o Início. De Tudo.

Sou parte dessa revolução do século em que nasci.

Aguardo o dia amanhecer no futuro.

NA RUA VI

Era seu cabelo desajeitado de cachos. Homem de olhos

verdes que chamei gritando pela janela do carro.

Os óculos escuros me enganaram. Não era.

Seu nome, a figura, seus posts, fotos no

Instagram me deixam muito perto — quando

há um infinito de tempo, contexto, estradas

que nos colocam norte-sul. Já já ficará maduro demais.

Perderá o cheiro dos temperos. Sairá de mim

subindo pelos números dos calendários

voltando, voltando.

Até que nunca mais o encontre.

CÍTRICO

Desfrute o gomo. Descasquei agora. Tenho cheiro cítrico entre os dedos e lágrimas de dar adeus ao verão. Outono, outubro e houve sim! um verão. Escondida, busco o chocolate negro, aquele italiano que ganhei de caixa dourada e amarela. Intenso, molhado. Tenho o cheiro do cacau nas roupas e está nos lábios. Volte o relógio, faz favor de voltar o verão. Distraia-o enquanto entro com os braços pelo pé de jaboticaba e cato um punhado. Terá sido por você que espoco esses frutos densos e derramo na boca. Limão-cravo, chocolates. Domino o sonho de tal maneira, que dentro desta casa sonâmbula sirvo ao dono minhas mãos inteiras de delícia.

Caymmi

Descendo do alto da pedra num dia de jogo Brasil x Chile. Na van a maioria da equipe composta por mulheres. Helder, o motorista, desesperado, o jogo já havia começado e ele corria para chegar ao hotel. O Rio mais lindo do que sempre esteve, a tarde de inverno mais linda ainda, a cidade plena e silenciosa como quando há jogo de copa do mundo. Encontrando a avenida beira-mar, a van acelerou mais e mais e decidimos parar na praia num quiosque de água de coco. Não era uma barraca qualquer — estava sentada ali uma baiana a caráter, uma TV pequena de antenas com bombril na ponta. Praia vazia, tarde vazia de noite se avizinhando. Helder se acomodou feliz na companhia da baiana, a TV, e uns acarajés. Nós todas vestidas de preto, figurino de equipe, saímos pela praia, tênis na mão e a água fria lambendo o pé. O ruído do jogo ia se distanciando e nós em silêncio absoluto. Acabávamos de filmar parte do documentário com Caymmi e que nunca se tornaria uma peça completa. Muitas horas de depoimento de um dos maiores Obás do Brasil. Registramos histórias nunca colhidas. Houve o silêncio da praia, o silêncio da realidade, o silêncio da cidade. E houve a impossibilidade de dividir nosso Tesouro de Mar.

Prece ao pai

Voltamos de joelhos a pedir por nosso pai, no dia de sua partida. Fazemos do átrio da Matriz do Rosário. Pela manhã deixamos seu corpo na cova em sua terra, coberto de flores, preces, água benta. Nós, agora homens e mulheres, seus filhos, pedimos. Sua mão acariciou a fronte das filhas embaladas ao dormir. Anos levou os meninos ao rio, ensinando a nadar. Pescar. Pedimos que os céus o recebam porque ele pôs na mesa, todos os dias, o feijão. Nós, agora homens e mulheres, seus filhos, pedimos.

Pela colheita do milho, que lotou o paiol e pela chuva molhando a terra, desde que aqui chegamos. Pai, pedimos por nosso pai. Teremos no andar seu andar pelo mato, o pulso da passada. Nas colheres de pau das panelas de casa, o lugar onde se cozinhou retidão.

A casa que nos abriga estará de pé pelo tempo que conseguirmos repor telhas, vedar as tábuas do chão. Será sua igreja. Que seu legado traga a outros o que nos ensinou: talhar a cunha dos móveis, arrear partilha de carro de boi, prensar rebite de arreio, cuidar da moenda. Secar e trancar couro para a peia, acampar pelas veredas, se esconder dos trovões, bater café, debulhar, secar, moer. Abrir o chão, jogar semente, puxar com pé a terra e entupir. Caçar porco-do-mato, criar porco na mangueira e galinha poedeira. Pai, pedimos por nosso pai.

Sua viola calou, mas que esteja quando abraçarmos os vizinhos, e pudermos abrir o peito, declamar toda a poesia dos cantos que traduziu e até criou.

Falam da gente da cidade, do mercador, do peão, do padre, do farmacêutico, do tratorista, do marceneiro, da quituteira, das parteiras, das meninas.

Pai, pedimos que nosso pai viva em nossa mesa, cuidando, e que abençoe as próximas estações para que vinguem os semeados. Que os campos talhem de bezerros, e que o pasto venha a alimentá-los. Que haja água na bica, vinda da nascente do alto. Que dela possamos tirar do copo até a rega dos arrozais.

Pai, viemos pedir.

Em zoom o rosto foi aumentando, microscópio nos cílios fechados. Devagar os poros se casaram, os lábios enfim chegaram ao seu infinito. Dias depois, beijo de namoro multiplicado em paixão doida. Força do centro da Terra num só sacramento. Não demorou, o beijo se alastrou por toda a extensão do corpo. Cada respiração vivia para esse rio poderoso e de novo. Nunca se amadurece. Nem os beijos de um grande amor deixam de existir. Vou viver com cada um deles para sempre. E aquela imagem vertiginosa e abissal dos cílios cerrados.

CÍLIOS

Sagrada Família

Dia nublado, pingando aqui e ali gotículas frias. Assim que passei o portal de folhas verdes em ferro, dei com o bosque de luz que Gaudí projetou. As hipérboles que estruturam a Catedral são cópias das árvores dali, Praça Gaudí. Minha cabeça a noventa graus para o teto, minha pequenez solitária na estrutura de um Templo dedicado a Deus. Epifania é quando somos arrebatados, jogados para um canto sem condições de equilíbrio físico ou emocional. De mãos na cintura, sendo trombada por alemães, chineses, russos, turcos, gregos, chorei até esgotar o peito espremido.

Gaudí, meu mago catalão. Gràcies!

Deixa estar

Janelas abertas, assim, escandalosas de sol.
Tenho poucas cortinas, são só varais,
costumo dizer.
Se me cubro impertinente,
por que haveria a janela de ter roupa?
Deixa que viva escancarada
e que se feche apenas nos temporais.
É neles que me vejo, trojevando
e exalando enxofre quando repilo
ou quando me partem.
Cindida

CABELOS

Ela sai às pressas, cabelos molhados, roupa que achou pelo caminho — esses cabelos desalinhados como bichos independentes escrevem sua secreta personalidade. Estigmatizam sua idade e mostram como fez bom uso de seu tempo de vida. Poderosos cabelos que mulheres sabem, usam como força de arrasto de sua presa para a caverna primitiva onde tingem cenas nas pedras. O cabelo sinaliza ao amor que há saúde para chegar ao fim. Se forem puxados devagar pelo amante, ele chamou para olhar seus olhos. Cabelos que voam quando abandonam, que cobrem o rosto exausto na cama. A cabeleira é uma torre. Coroa que ilumina suas pedras recolhidas. Entre as marcas duras da vida, impressas, esses cabelos falam.

Meu Manual de Instruções*

Peça devagar para se sentar. Evite a distância.

Aconchegue-se com um café cheiroso e gire a colher me olhando.

Conte sua história não muito remota, apenas a do dia anterior.

Agindo assim, o passado inexiste, não haverá fadiga de material.

Salve as mensagens trocadas em uma pasta visível com acesso a qualquer minuto.

Deixe a roupa solta para que não desande por bobagens, como um cinto. Meias coloridas.

Não repare nos anos nas mãos, aceite meu vigor e seu tamanho.

Deixe acariciar a barba rala e, quando eu conseguir fazê-lo, abra a boca pouco. Com uma calma de meia tarde.

Acredite que em nada mudaremos, mas que somos idênticos nas linhas que contornam um corpo de desenho infantil no papel branco.

Sol crispado de linhas pontudas. Infantis. Extravagantes.

O sol de lápis amarelo e laranja.

Todo o resto é manual inútil.

**Baseado em texto de Martha Medeiros.*

SUÉTERES

Quem vem dali mudar as regras? Quem proporciona esse carinho? Por que me vi assim, terrível? Por que você voltou agora? Onde aquieto? Onde fermento esse pão caseiro? Que faço eu eternamente atrás das cores? Por que pintou meu quadro em tom leve? Quem disparou aquela música? Ela só toca aqui dentro? Quem fermentou a casca? Quem plantou meus dedos na réstia? Quem conservou a partitura? Por que me vou? Que mar, aquele mar verde? Outro mais claro? Por que tanto mar? A lua endossa? Peça que eu abandone o livro? Vou aqui entre meus armários repletos buscar a resposta entre os suéteres de linho.

Remédio

Queria um remédio. Para o quê, senhora? Para a alma. Mas o que sente? Frio. Inquietude, trânsito nas entranhas. Viu estrelas hoje? Não. Choveu. Cheirei a terra, esfreguei as mãos, mesmo assim dói a danada. Vou lhe dar conselho em vez de remédio. Posso? Pode. Está linda assim sofrida e o tormento embelece os anos do rosto. Ah, sim. Qual conselho? Durma ao relento porque o vento apagará esse deserto e a meia-lua em eclipse a acolherá. Hum. Vou indo, farmacêutico, vou tentar. E se não conseguir? Meta-se na água da bica gelada e violenta — assim a alma assusta e assenta. Vou voltar no mesmo passo que vim, na pisada da vinda. Volto contente e consigo, amigo. Volto ao relento e à água. Volto amanhã curada.

ANA, ME LEMBRO

Entro no banho para que você saia pelo ralo. Falamos muito, achamos muito. Dissolvendo você água abaixo me vem um roteiro para série, e olho o pote de xampu caindo sem controle. Snatttch! Talhou tudo dentro do box. Começo a lavar os azulejos como se fosse dia. Essa madrugada me deixará mais breve no que preciso dizer. Ana partiu daqui com as roupas velhas, talvez me deixe, quem sabe só venha tomar algo. Vendo só? Você não foi pelo ralo. O que há aqui é espuma que, sem senso algum, boia até o teto.

Dormi dormido definitivo com sonho e tudo. Mas acordei às três horas. Não quis ler, fui fazer sudoku. Nada na TV. Aqui, 21 graus no quarto e xixi no banheiro a 35. Bom foi encontrar o drone do Mentor pelo Rio, rio acima pela marginal da cidade. Trilha loca — nos dois sentidos. Vez ou outra estruturo o texto como ele, Mentor. Frase a frase. Deve ser nosso mundo fracionado impondo as falas como sustos. Travei o texto. Não flui. Pode ser um adeus antecipado dando sua cara. Terei dois adeus.

Sexo. Penso. Retomo meu cotidiano, seus poemas circulam em frases soltas pelas paredes desse apartamento. Há vestígios, sobras de Ana pelos armários, um pente esquecido na lavanderia, cadarços vermelhos que tanto procura, vejo-a procurando-os. Ontem saí com a bicicleta branca, feminina. Dei voltas e voltas e ela sugeriu que conhecia seus próprios caminhos.

Deixei. Teimo em construir em ideogramas o que contemplo. A parceira ideal seria você, com seu ácido corrosivo que deixa à mostra na corrente da bicicleta. Por que não cuida do que está enferrujado, Ana? Fui mesmo assim pela beira do mar, disposto a tomar lufadas pela cara. Bateu noroeste. Vinham os beijos das nossas noites bêbadas.

Ruídos no elevador. Corri para abraçá-la porque seria insuportável mover seu corpo. Porta que foi e voltou, roçou como se houvesse mola. O rosto encostou no meu ombro e pedi para as pernas que me estruturassem. Precisei segurá-la. Totem. Não ouvia qualquer som. Esperei que a respiração voltasse. Mesmo me olhando com um tracejo de riso, baixou seu semblante. Ana, venha. Sente-se por aqui. Juntei o possível do que é seu e agora? Vou, João. Não estou cabendo aqui. Revi o documentário do João. E você não se deixou filmar. Me emocionei quando cita as chaves. Assim, Ana, olhando, as tais chaves dos textos que tanto procura estão por perto. No banho o xampu voou pelo box, esparramou e tive vontade de ligar. Você saberia decifrar a espuma em suspensão. Me olhe, Ana. Tire esses óculos. A porta pantográfica talhou meu dedinho. Tem band-aid? Um pedaço de guardanapo suga a gota e avermelha como borrão aquilo que seria de Ana C. um último e íntimo encontro. Taí! pensei, ela voltou amarrada em palha.

O círculo é a significação de nossa eternidade. Dias depois me vi de pé frente à Baía da Guanabara. Ventos alísios. Ela escolheu voar de sua janela feito um passarinho.

OLHO D'ÁGUA

Senti o nenê respirar nos meus dedos que ajeitavam o seio em sua boca. Coloquei minha testa na testa que esfriava do homem que morria. Visitei aquela mulher atada à cama em surto psicótico. Estava ali quando bezerro escorregou nascendo. Acompanhei dia a dia orquídea abrindo, árvore morrer de velha. Pude ver o sol acima de mim, acima da massa de mar que insistia em me puxar para baixo. Ouvi tantos gritos, beijei sem conhecer. Traí, verti, enganei, furtei livro, ensaiei viver fugida. Amei, incendiei, dormi na areia, na rede, no chão. Tantas vezes me desesperei, tanto dó eu tive, tanta decepção. Sentada aqui nesta sala vazia, ouço o concerto, leio o poema às lágrimas. Sei que vou dormir esta noite e as próximas. Sentirei de forma banal sede e fome, vou acenar pela janela àquela vizinha tão terna. Apenas esse vento que não parece brisa, apenas esses ruídos de cidade zunindo, apenas esse neto que beija molhado meu rosto me faz acreditar que tudo está contido num tempo sem data. A massa amórfica que conta essa história.

Parede de adobe

Eduardo é parede subindo em bases sólidas.
Eduardo deve ter uma etimologia qualquer
Mas deve ser a raiz de muitos de nós, agora.
É a chave do armário de livros do avô
Se mantém memória mesmo quando se ausenta
É um bazar elegante onde nos vestimos
Cores e céus de Claudia, como se fôssemos nuvens.
Teria uma página inteira para apontar
Eduardo em nós, mesmo não nos conhecendo
Ainda, tanto. Ele vem abrindo tudo que teimamos
Em guardar — da infância às carências suburbanas.
Já não sei mais o que dizer da imensa sorte que tenho
Por tê-lo, por nos unir, esse respeitado e respeitoso
Artista. É urgente que façamos, longos anos,
todos que nos restam, textos — pela batuta do maestro.
Esse mestre.

FORJA

Como o sabor proibido, volta.
Como cada folha amarela significa.

Fraquejo quando há silêncio demais na casa.
Entorto com a dor do luto, da saudade imensa.
Saudade dos iguais.

Olho para as mãos dele.
Diferente do próprio olhar — que era meu alvo.

O pensar precede meu próximo passo.
Eu, que nunca precisei de muito para voar.

Sou de barro, cerâmica cozida, azul.
Sou costela em fratura exposta.

Arrumei o quarto do filho que morreu.

Ferrolho de nó dobrado, sempre.

Na boca do estômago.

Como um bebê, quero o sono de peito aberto.

Desova de sonhos em incubação. Ainda pertenço.

Uso óculos e vejo mais — amplio a cada dia meu contorno.

Dei adeus a tantas coisas que pareciam estruturais.

Mudei sendo água e azeite.

Quis me embriagar todos os dias de vinho ou de poesia.

Sair da bolha inexata da sensatez.

Há forja.

Nuvens a mais

É plano este meu apartamento de primeiro andar. Plano, mais plano que o décimo quarto, com luas e nuvens. Tenho cacos de muro, janelas e guaritas de vista enviesada. Moro, portanto, numa espécie de limbo-cidadão onde não estou isolada e onde não vivo, ao vivo, voltada para a rua franca.

Hoje e ontem um buraco gigante se abre com uma britadeira que frita meus nervos e ouvidos. Eu, que treino tanto o silêncio — da alma, do estar, dos gritos de que já fui alvo — ouço baixo tudo que fala e canta.

Temo envelhecer sem atingir as nuances de vento baixo.

Nisso o primeiro andar me ajuda. Ouço as pessoas circundando as janelas que vão da cozinha ao quarto, as boladas na parede como tiros, o ruído das crianças atrás umas das outras. Mães cansadas. Mães de triplas jornadas.

Passa ainda por aqui o afiador de facas. Assovia como há mais de sessenta anos. Penso que esse assovio — que vem de um apito largo, rolado de um lado a outro — deva ser universal aqui em Pinheiros. Já estive em outras casas, outros bairros e não me lembro de um diferente. Talvez seja tão mais diferente que não o percebi.

Sempre tenho uma faca, um alicate, mas nunca o alcanço. Desço e o afiador sumiu.

Uma vez por mês vêm os jardineiros, riem alto, aceitam um café novo em troca de subirem apenas uns degraus aparando a primavera que, inadvertidamente, plantei numa jardineira. É linda, colou na rede de proteção, puxei aqui e ali e se fez um quadro — que me acompanha em movimento.

Cada dia amanhece outra.

Como devem ser os amores eternizados.

Seria como se o prazer indisfarçável viesse à tona, frente ao público presente, eu, desnuda.

Seu antônimo seria esconder, manter em segredo tudo que transborda.

A vida de sinônimos e antônimos faz daquele que escreve uma figura ancestral, de lamparina na mão em busca de um significado para Guernica, Vitória de Samotrácia, Girassóis de Van Gogh.

Me pergunto (escondida no texto): por que ela vem com essas obras consagradas? Símbolos de minha cultura?

Daqui da janela, com o sol forte, está o senhor sabiá que mergulha na piscina. Ele faz isso quase todas as vezes que me encontro perto de uma. Penso ser o mesmo, a andar no meu encalço. Penso no meu filho Pedro e na contradição existencial do estar. Do vir a ser.

Epifania

Sorrio como para a Vitória de Samotrácia, misto suave de envolvimento de um outro plano cerebral, outras linhas magnéticas como todas as que não vemos mas aparecem no rádio, no celular, na televisão. Escutam-se estrelas explodindo. Algo assim anda pelos meus poros — similitude estelar.

Tenho escrito sobre pós de estrelas, pós do saco de arroz da mercearia da infância, pós da estrada, canções. Me abrigo em certezas sem concretude. A realidade é apenas o que apontamos como sê-la.

Epifania é sentimento que expressa a súbita sensação de entendimento da essência de algo. Compreender sem ter claro como se formaram as sensações que transitam pela pele até as lágrimas.

Sou eu a epifania do texto, do parto do filho, da monumentalidade dos Girassóis que me obrigaram a sentar. Entendi o porquê daquele banco, a passos exatos da pintura. Não era somente para mim. Outros haviam sucumbido ao entendimento sem voz, sem substantivo, nenhum adjetivo.

Apontando o lápis

Meu neto de sete anos viveu dois da pandemia em casa, mas recuperou gradualmente o convívio na escola e consegue ler e escrever bem. Hoje a mãe me enviou o vídeo onde me conta os elogios da professora.

Quando vem aqui pede o livro fininho que eu mesma fiz, chamado Um Livro Para Vocês. Tornou-se uma referência de seu mundo conosco. Ali estão os meus quatro netos em lembranças, e espero contar com novas edições. Me pergunta como eu tive a ideia.

Como direi que minha trajetória é intransferível? Que o quê e como olho é coisa única banhada na cultura de que sou parte? Que nos reduzimos, Léo, àquilo pelo qual nos toca o sagrado? Basta a folha em branco.

É como um palco. Você, que gosta tanto de cantar e fazer shows aqui para a família, sabe. A ansiedade de apagar as luzes, sair da caixa de papelão, preparar as cadeiras e bancos, abrir a cortina que só existe com a imaginação. E soltar.

Quando for primavera, Léo, aprenda a ver os brotos das flores, às vezes os galhos aparecem com pontinhos que são outros deles que irão sair. No verão, como sempre fazemos, ande comigo na areia, tome caixote, role na onda, respire todo o azul.

No outono, saia com seus pais pela estrada podendo observar passando rápido, como amarelaram os pastos, caíram folhas. Essa é a hora de pegar uma do chão e guardar numa gavetinha. Por toda a sua vida, apenas tocando, você sentirá o vento da estação.

No inverno seja atleta. Marche incansável contra o frio daqueles que gelam a ponta do nariz e da orelha. Não se proteja muito. Arrepiando sua pele talvez encontre essa montanha de letrinhas que fazem um texto.

Sempre pensando em fisgar seu leitor que é sua parte, parceiro, seu complemento.

Cuide de não tagarelar. Excessos comovem, mas por pouco tempo. Logo a gente se livra do incômodo. Procure o exercício da contrição e faça seu texto sensual, trocando sempre com alguém o prazer e o gozo.

Para que venha um dia a ser um escritor de si, teime em se fazer compreender. Insista com seu coração para que ele conte. Torne-se imprevisível. Pense num jogo.

"O texto que você escreve tem de me dar prova de que ele me deseja." — *O Prazer do Texto,* de Barthes.

SIGILO

Do silêncio tem vindo o que é mais precioso que tudo: o próprio silêncio.

Clarice Lispector

Canso da linguagem, abro a carranca. Na lateral da onda, barco singrando mar, corta minha mão mergulhada, que gela. Queria um sineiro, um farol.

Quanto desse silêncio me fala?

Milhares de reticências apertando um nó na garganta.

Na casa plantada na beira desse rio, carteiro não chega. A bicicleta ligeira me leva até o centrinho onde espero abrirem a porta. Fico em frente da caixa postal número 9. Giro a tranca, abro ofegante. Ela me olha, escura.

A carta sem resposta traz o temor do aniquilamento. A palavra sendo prata, nesta versão dolorida, o segredo não é o melhor ouro.

Tem uma pedra ali no remanso. Sento desinstalada, demasiado branca.

Pedra surda, água incorrigivelmente branda.

Encontro a palavra seminal: silencional. Um amálgama de silêncio e seccional. É esta a palavra, no sentido de cortar.

As cartas sem resposta tatuam, linha a linha, no tempo que aprisiona.

Me acomodo no precioso, ele próprio, o ausente. Nudez de mim.

O silêncio pode nos servir como uma coberta, mas esse seu é a inaudível crueza.

Eixo

Pare para que eu dance.
Dance em mim ao longo
dessa nossa história.
Praxe.
Vou na frente, talvez me siga.
Cuide do ritmo, avance.
Sei voar. Não acredita!
Sei amar, olhos cruzados.
Esse braço que aponta
me freia. Em
movimento dos barcos.
Estou ao vento, giro.

Embarco pelo seu corpo
venerável.
Em volta
é retorno.
Paralaxe.
Você, arrimo. Pilastra oca
dique colmo cardeal.
Voo, e não há chão.
No recôndito equatorial,
Enlace meu moinho.
Piso torço enrosco laço
Potro urso cobra cão.

Comary

sentada na fresca da tarde
debulho pimenta seca comary
pra tirar semente um
pó queima as narinas
mistura um cheiro de tarde e preguiça
por elas meus tataravôs correram as Índias
morreram e mataram
eram o ouro em outra história.
Hoje debulho despretensiosa
com um vento breve

um aceno que de vez em quando
trata de espalhar
ainda mais
a futura pimenta amarela.
Moeda de ouro vingada no colo da imigrante
voa teimosa ao vento da colônia
germinando o chão.
Companhia das Índias
Cor das Araras
made in Goiás.

Ganhei um patinho amarelo comprado na feira. Algum tempo, a minha única boneca. Que tinha um furinho redondo nos lábios para a mamadeira e outro, dentro da roupa para o xixi sair imediatamente. Eu ficava muito tempo dando de mamar e limpando a fraldinha. Embalava. Colocava para dormir. Deixei aquele caroço de feijão no tiquinho de algodão e em três dias abriu um veio verde de uma possível flor. Adotei patinho, criei boneca, plantei o grão. Inescapável solução dessa Lei, para que o meu animal vingasse, e vingasse, e vingasse, e se estendesse — como se natural fosse. E foi. De todas as sementes, daquele primeiro minuto aos treze anos, me veio a percepção de ciclos em mim. E soube que a interrupção deles seria o sinal da gigantesca semente que me traria a mitocôndria de tantas fêmeas antes. E um bebê. Vieram quatro. Eles brotaram em mim de origem longínqua, migrantes de montanhas, picos gelados, gente dos ventos alísios. Soma de sobreviventes. Não bastando meu vestido cada dia mais curto, chegavam com os olhos pregados em mim e eram mesmo aqueles por quem aguardei. Tornaram-se meus, tornaram-se eu, tornaram-se você. São hoje eles que olham atordoados — se reconhecendo em outros. Estes outros deles — e de outros que estarão. De tudo, ficou um passado comprido, às vezes de experiências decepcionantes ou tristes. Vasto campo de sensações — principalmente as incompreensíveis. E recheios de espumas de claras e bom açúcar. Risadas, abraços. Mel a gosto. Ficam poemas e textos, fotos e afagos. Minha maturidade envolta em novos nomes, outras famílias, retornando ao mesmo chão.

EQUAÇÃO

PAI E FILHA

Um olho no sujeito do caixa,
mão desliza puxando um livro
que cai na bolsa grande.
Os pequenos, os vermelhos, pungentes,
inacessíveis,
os ainda não subtraídos pelo regime.
O método o encontra, o poder o encontra e,
ameaçado pelo fogo no quintal,
o pai repreende
faz pensar nas prisões da ditadura.
No fundo, ele tem orgulho.
Foi perseguido e sabe o custo.
Talvez o roubado conte a história
para essa filha marginal.
Leva-o então, para sua cabeceira
com a ordem estrita de não sair dela.

E lê.

Nasce a ideia.

Me permita o download,

senhor livro de qualquer pátria, PDF íntegro

e inerte na bolha de consumo,

na deep web,

no embrulho do estômago

no embrulho da mochila transversa

e na rede cercada de olhos e ouvidos.

Invasores.

Invado para contrabalancear

o estômago fraco

Que distribui verbo, vômito, coragem

Suor nos dedos da ladra

mais tantos líquidos viscosos.

Roubar, roubar. Identidade

daquele que, do livro,

quer o frescor das páginas

inusadas.